KB208836

re, 셸리

re, 셸리

초판 1쇄 발행 2025년 3월 18일

지은이 이정연
펴낸이 강수걸
편집 이선화 강나래 오해은 이소영 이혜정
디자인 권문경 조은비
펴낸곳 산지니
등록 2005년 2월 7일 제333-3370000251002005000001호
주소 부산시 해운대구 수영강변대로 140 BCC 626호
전화 051-504-7070 | 팩스 051-507-7543
홈페이지 www.sanzinibook.com
전자우편 sanzini@sanzinibook.com
블로그 sanzinibook.tistory.com

ISBN   979-11-6861-450-5 03810
ⓒ이정연

＊이 도서는 2024년 한국문화예술위원회 아르코문학창작기금(문학창작산실)
사업에 선정되어 발간되었습니다.

re, 셸리

이정연 장편소설

연극 속 셸리처럼

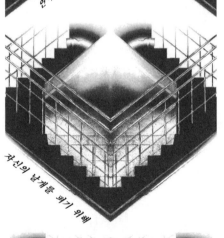

자신의 날개를 펴기 위해

산지니

차례

2024
조우

남자가 나를 돌아봤다. 그는 헐거운 검진복 때문에 건강검진을 받으러 온 사람이 아니라 병실 앞에서 대기하는 환자로 보였다. 눈빛이 다소 지쳐 있었지만 눈길에 이는 호기심은 감추지 못했다. 아는 사람일까. 옅은 파란색 검진복을 입은 나와 옅은 초록색 검진복을 입은 남자. 검진 센터에서 숱하게 마주치는 복장과 얼굴이다.

처음에는 우연히 마주쳤다고 생각했다. 그러나 서너 번 반복해 눈이 마주하고, 게다가 그가 나를 티 나게 흘깃거리자 신경이 쓰였다. 급기야 나는 불쾌함을 누르지 못해 상대방을 똑바로 응시했다. 남자는 내 기분을 알아차렸는지 고개를 재빨리 돌렸다. 나는 삐져나온 머리칼을 정돈하는 척 손빗으로 잔머리를 매만져 질끈 묶었다.

아침 여섯 시 반, 이른 시간이라 어딜 가더라도 복잡하지 않은데, 검진 센터는 출퇴근길 지하철 승강장처럼 북적거렸다. 1년마다 찾는 곳이나 올 때마다 사람들로 번잡한 풍경이 생경했다. 이곳에는 나처럼 검진 받으러 온 사람이 있고, 검진자를 안내하는 직원이 있으며 방사선사와 간호사, 의사 등 검진해주는 사람들이 있다. 검진자들의 복장이 거의 같아 가까운 가족이 아닌 바에야 그들 속에서 아는 얼굴을 알아보기란 어려웠다.

검진자들은 의료 서비스를 받고 검진복을 입어서인지 환자가 아닌데도 환자가 된 양 표정이 무기력했다. 병원에 온 것 같은 기분 때문일까. 아니면 전날부터 금식해서 기운이 달려 그러는 걸까. 이곳에서 유일하게 색감을 내는 사람이 있다면 환자를 안내하는 직원이다. 검정 정장을 몸에 딱 맞게 맞춰 입고 고객 사이로 날렵하게 움직이는 사람들. 무채색으로 명도와 채도는 낮췄으나 또각거리는 걸음 하며, 환자님 하면서 부르는 높은 톤의 목소리는 무심코 고개를 돌릴 만큼 관심을 끌었다.

시력과 청력, 키와 몸무게 측정. 나는 기본 검진을

마친 뒤 심장 초음파실로 가라는 직원의 안내를 받았다. 직원은 내 옆구리에 검진 차트를 끼워주고는 높낮이 없는 목소리로 설명했다.

"앞으로 쭈우욱 5미터 가시면 산부인과가 나와요. 거기서 왼쪽으로 꺾어서 다시 5미터 가시면 화장실이 있고요. 화장실에서 조금 더 걸어 코너가 보이면 오른쪽으로 틀어 세 번째? 아니, 네 번째 보이는 곳이 초음파실이에요. 가보면 아시겠지만, 초음파실이 여러 곳이니까 헷갈리지 마시고 들어가기 전에 맞는지 꼭 확인하세요. 심장 초음파실에 가서 다음 검진을 안내받으시고요."

손끝을 모으고 안내하는 손길이 친절해 보이나 방향이 제멋대로라서 흐린 정신에도 웃음이 났다. '쭈우욱'이라고 말하며 손은 천장을 가리켰고, 왼쪽은 오른쪽으로, 오른쪽은 왼쪽으로 방향을 반대로 말했다. 심지어 세 번째 혹은 네 번째를 말할 때는 손바닥을 활짝 펴고 흔들어서 다섯 번째 초음파실이 심장을 보는 데라는 착각을 하게 했다. 아무려나, 지금 그런 걸 따질 때가 아니지. 검진실이 여러 개 보이지만 매년 오는 건강검진 센터에서 설마 길을 잃겠어?

유방 초음파실과 심장 초음파실 사이에 있는 대기 의자에 앉아 습관처럼 주머니에 손을 넣고 뒤적거렸다. 핸드폰이 잡히지 않았다. 탈의실에 두고 왔나? 건강검진 때문에 반차를 쓰고 나왔으나 그것을 모르는 협력 업체는 아홉 시가 지나면 기다린 것처럼 연락할지 모른다. 사무실에서 시끄럽게 울리는 전화벨 소리와 성마른 정 팀장의 얼굴이 그려졌다. 탈의실에 다녀올까 고민하다가 의자에 몸을 늘어뜨렸다. 유능한 사람들이니까 알아서들 처리하겠지. 눈 감고 목을 주무르는데 센터 직원이 나를 불렀다. 윤지홍 님, 윤지홍 님! 곧이어 다른 검진실에서도 검진자를 찾았다.

"이승훈 님, 복부 초음파실로 들어오세요. 이승훈 님⋯⋯."

나는 눈을 번쩍 뜨고 주변을, 나를 빤히 보고 있는 승훈을 쳐다보았다.

2013
목격

남자가 여자의 어깨를 등 뒤에서 꽉 붙들었다. 그들 앞으로는 다른 여자가 쪼그려 앉아 붙들린 사람을 마주 보며 발목을 움켜쥐었다. 뒤에 서 있던 남자는 몸을 구부려 여자에게 뭐라고 속삭이더니 아래에 둔 물건을 집어 들었다.

매서운 추위에 사람들은 한기가 들세라 옷과 모자로 드러난 신체를 꽁꽁 싸맸고, 어두운데 거리도 떨어져 있어 사람들의 인상착의를 구분하기 어려웠다. 사실 성별도 명확한 게 아니라 정황상 그렇다고 짐작한 거였다. 여자를 뒤에서 붙든 사람은 버둥거리는 사람을 제압하고 있어 기운 센 남자일 거라고, 여자의 발목을 붙잡은 사람은 긴 머리를 보고 여자라고, 시꺼먼 물건을 집어 든 사람은 거대한 그림자와 굵은 목소리 때문에 남자라고 유추했다. 피해자가 여자인지도 확

실하지 않았다. 그저 긴 머리가 나풀거려 그럴 거라고
짐작할 뿐.

남자가 물건을 들어 여자의 머리를 세게 쳤다. 여자
를 뒤에서 붙들고 있던 사람은 가격 후 생긴 반작용
에 몸이 흔들리자 욕설을 뱉었고, 여자의 발목을 맡
은 사람은 옆으로 튕겨 나가 탄식을 터뜨렸다. 그리
고 그들에게 붙들린 사람은 살려달라는 한마디 비명
도 지르지 못하고 몸을 늘어뜨렸다. 그들이 어둠 속에
서 내는 소리는 한데 합쳐져 오싹한 괴음이 되어갔다.

나는 둘레가 넓은 고목에 숨어 어떤 소리도 내지 않
고, 듣지 않으려고 애쓰며 절로 터지는 신음을 눌러냈
다. 세차게 뛰는 심장 박동을 그들이 들을까 봐 한 손
은 입을 틀어막고, 다른 손은 가슴을 누르며 떨어지는
고개를 들고는 무슨 일이 벌어지는지 초조하게 지켜
보았다. 오늘 내가 맡은 일이었다.

남자가 여자를 네 번 가격한 뒤에, 발목을 붙들던
사람이 바지를 털고 일어섰다. 묶여 있던 피해자는 붙
들던 사람이 팔을 풀자 몸을 가누지 못하고 그대로
옆에 쓰러졌다. 마침내 숨이 끊겼는지 어떤 저항도 하
지 않았다.

"이만하면 성공한 거 아니야?"

물건을 휘두르던 사람이 주변을 둘러보며 묻자 앞

의 두 명이 허리를 숙여 쓰러진 피해자를 살피고는 거의 동시에 고개를 주억거렸다. 그걸 본 남자는 가방을 끌어와 각종 도구를 담고, 풀숲에 그것을 던졌다. 그는 대형 포대를 신속히 옆으로 전달했다.

사람들은 말없이 움직였다. 여자의 몸을 마구 밟아 구부려서 비닐봉투에 포장해 넣고, 포장한 시신은 줄로 묶은 뒤 짚단과 같이 대형 포대에 욱여넣었다. 터질 듯 커지는 내 심장 소리와 피해자의 몸을 접을 때 뼈가 바스러지는 소리가 귓가에 가까이 울려 정신을 놓을 것만 같았다. 들어간 숨이 나오지 못해 사방이 어지럽게 돌았다.

그들에게 다가가 아무것도 보지 않았다고, 봤다 하더라도 안 본 거나 다름없으니 부디 안심하라고, 입을 다물 테니까 나를 무시하라고 말할 수 없었다. 아니, 그걸 떠나서 그들 모르게 이곳을 빠져나갈 길이 없었다. 그건 K와 한 약속을 어기는 거고, 도망치다 잡히기라도 하면 오늘 받을 보상이 사라질지 모른다. 전에 만난 적이 없는 K는 살해 무리가 하는 일을 무척 자세히 알고 있었다. 나는 그가 승훈을 잘 아는 사람이란 말에 의심을 거뒀다. 나를 왜 불러냈는지 따위를 궁금해할 여력도 없었다.

이런 상황에도 눈꺼풀은 왜 이다지 무거운지. 정신

을 차려야 했다. 졸음 방지용 카페인 알약 두 알을 입에 넣었다. 아무도 내가 여기에 있는 걸 알아차리면 안 되어서 소리가 나지 않게 조용히 약을 녹였다. 고용량 카페인에 정신이 아찔해져 눈앞이 금세 흐릿했다.

그들은 빠르게 움직였다. 한 사람은 주변에 누가 있는지 경계하면서 풀숲을 헤치며 길을 냈고, 다른 셋은 들것에 포대를 올려 잰걸음을 옮겼다. 시신이 무겁지는 않은지 들것이 흔들리는 게 멀리서도 잘 보였다. 셋? 그러고 보니 들것을 든 사람은 둘이 아니라 셋이었다. 아까까진 피해자를 제외하고 앞장선 사람을 포함해야 세 명이었는데 대체 어디에서 한 사람이 튀어나왔는지 알 수 없었다. K가 말한 인원과도 달랐다.

요동치는 가슴을 누르며 고목 뒤에서 얼굴을 더 빼냈다. 조심스럽게, 어떤 소리도 내지 않으려고 숨까지 참았다. 무자비한 무리인데 들켰다간 내 목숨도 위험해질지 모른다. 그러다 어둠 속에서 한 사람을 더 발견했다. 단 몇 분 전에는 없던 사람이었다. 정체는 알아볼 수 없었으나 뒷모습이 어딘지 눈에 익었다. 뒤통수로는 사람이 분간이 안 돼 그가 입은 옷을 주의 깊게 살폈다. 하지만 거리가 문제였다. 단지 남자인 것 같은 체형과 어깨 옆에 큼지막하게 프린트된 동물 마스코트가 눈에 박힐 뿐, 시꺼먼 어둠에 싸여 있어 동물 심벌로는 그가 누구인지 정확히 알 방법이 없었다. 어디에서 많이 본 흔한 디자인의 옷인데…… 아니, 저건 우리 대학 운동부의 단체복인가? 그때 남자가 돌아보았다.

재빨리 나무 뒤로 몸을 숨겼다. 그러곤 시간을 두었다가 고개를 들고 핸드폰을 들었다. 어둠 속에 내가 묻히길 바라지만, 들켰을 때 나를 지켜줄 가림막이 되길 희망하며 줌으로 화면을 당기고 사진 버튼을 눌렀다. 남자는 주위를 두루 살폈으나 나를 발견하지 못했는지 몸을 돌렸다. 하지만 잠시 뒤, 그가 방향을 틀어 돌아보았다. 나를 알아본 것처럼 수상하다는 듯 두리번대는 고개, 그가 움직일 때마다 티셔츠가 구겨져 마치 맹수가 어둠을 향해 이빨을 드러내며 때를 기다리는 것으로 보였다.

남자의 움직임에 오싹해져 고개를 떨구었다. 잠깐 숨을 고르고 이런 건 아무것도 아니라며 마음을 단속하고는 어떻게 할지 곰곰이 떠올렸다. 엄마의 마지막 순간을 생각했다. 내가 죽어가는 엄마를 어떻게 뿌리치고 도망쳤는데……. 뜨거운 숨을 누르며 마음을 추슬렀다. 이 촌구석에서, 발목만 붙잡는 집에서 벗어나려면 대범해져야 했다. 설사 그것이 살해를 공모하는 범죄거나 내가 나서서 사람을 죽여야 한다고 할지라도 말이다. 현재를 바꾸려면 피하고 싶은 일도 어떻게든 참고 해내야 한다. 이깟 일은 아무것도 아니다. 그래, 이 모든 광경은 사실이 아니다. 그저 잠깐 꾸는 꿈이다. 나는 자주 하던 대로 속으로 가만히 되뇌며 버텼다.

*

둔기가 내 머리를 강타한다. 묵직한 것이 머리를 때리자 균형을 잡지 못하고 맥없이 앞으로 쓰러진다. 숨은 쉴 수 없으나 흐르는 피가 볼에 느껴져 공포에 몸을 움츠린다. 거대한 나무의 가지에 빗물이 고여 있다가 세찬 바람에 흔들려 떨어지는 것처럼 눈앞으로 피가 쏟아져 시야를 가린다. 그런데 목소리가 나오지 않아 비명을 지를 수 없다. 이어지는 두 번째 타격. 첫 번째로 맞은 곳과 같은 위치다. 나는 무릎을 꿇은 채 몸을 늘어뜨린다. 무슨 일인지 이제는 움직일 수도 없다. 피는 계속 흘러내려 앞으로 웅덩이가 생긴다. 다른 사람의 피도 섞이는지 웅덩이는 믿기 힘든 속도로 불어난다.

죽는 것인가. 아니면 이미 죽은 것인가. 그리고 세 번째 타격에 머릿속의 뇌가 웅덩이에 왈칵 쏟아진다.

기어코 죽는구나. 고통도 여기에서 멈추겠구나. 그런데 통증이 여전히, 아니 처음 맞았을 때보다 강렬한 통증이 느껴진다. 영혼이 죽은 육체의 고통을 계속 느낄 수 있는지……. 가까스로 버둥대며 머리에 손을 가져간다. 손은 움직이는데, 머리라고 생각하는 부위에 아무것도 만져지지 않는다. 내린 손은 피가 흥건해 검붉고, 더 커진 피 웅덩이에는 머리가 없는 내 상체가 비친다. 그리고 뒤로 보이는 수많은 눈동자. 눈이 없는데 나는 어떻게 보고, 저것들은 눈앞에 왜 나타나지?

네 번째 타격이 나를 후려친다.

땀에 흠뻑 젖어 잠에서 깨어났다. 인정하고 싶지 않지만, 그날의 기억은 외상 후 스트레스 장애 같은 공포로 남았다. 벌써 사흘째 같은 꿈이다. 나는 꿈이라는 생각에 안도했다가 사실이 아닌 걸 확인하고 싶어 싱크대 앞으로 달려가 가구의 하부를 빠르게 뒤졌다. 제발 이 순간마저 꿈이기를……. 다행히 혹은 불행히 내가 숨긴 것들은 거기에 온전히 있었다. 방금은 꿈이었으나, 며칠 전 내가 겪은 사건은 모두 현실이었다.

목장갑을 찾아 끼고 단단히 잡아당겼다. 그러곤 숨을 깊이 들이마셨다가 내쉬고는 조심히 그것을 가방에서 빼냈다. 노루발장도리, 쇠로 처리된 머리 면에 피가 말라 검게 얼룩져 있었다. 나는 대체 이것을 왜 들고 도망쳤을까. 내가 범인이 아니라고, 이것을 증거로 내밀면서 우기기에는 그들의 흔적이 남았는지 확인하지 못한 물건이라 쓸모없었다. 이제라도 경찰서에 가져가 목격한 걸 증언하고 현장에서 챙긴 둔기와 몰래 찍은 사진을 내보이며 신고하는 게 맞을까. 아니다. 범인이 어떤 사람들인지 모르는데 함부로 신고했다간 크게 당할 수 있다. 내게 지시를 내린 K는 정말 누구였을까. 내가 이것을 가져온 건, 그전에 거기 있었던 것은 곱씹을수록 멍청한 짓이었다. 지독히 운이 없었다.

둔기를 한참 돌려보다가 가방에 도로 담았다. 재수 없는 물건이었다. 그래도 언젠가 요긴하게 쓰일 때가 올 수도 있겠지. 아니, 절대 쓰이지 않길 바라며 증거물을 광목에 둘러 에코백 안에 다시 포장해 싱크대 밑에 깊숙이 감췄다.

되돌릴 수 없는 시간, 되돌아가지 못하는 막막함.

2013과 2006
신세계로

땀이 흥건해 잠에서 깨어났다. 또 같은 꿈이다. 꿈속
에서 나는 시커먼 형체에 눌려 꼼짝하지 못했다. 얼굴
을 보지 않아도 그가 누구인지 알고 있었다. 바로 옆
에 있는 듯 생생한 감촉과 냄새. 꿈속에서 냄새를 맡
는다는 건 말도 안 되는 소리지만, 그 비릿하고 끈적
한 엄마의 향은 결코 잊을 수 없어 잠에서 깨고도 향
에서 벗어나지 못했다.

욕실로 들어가 수도를 틀고 온몸에 샤워기를 들이
댔다. 기필코 냄새를 지워버릴 테다. 마치 부정을 씻어
내는 것처럼 세찬 물줄기에 더러운 기분을 날리려고
샤워에 오래 공들였다. 나는 엄마와 다르다고 되뇌지
만, 생각은 어느새 엄마의 피비린내에 가 있어 꿈인데
도 후각의 기억에서 허우적거렸다.

엄마는 자신이 그렇게 사는 걸 가족의 탓으로 돌리지 않았다. 하긴 그녀는 우리 가족이 아니었으니까. 엄마는 법적으로 동거인이라고 등록되어 있으나 그저 같이 사는 사람일 뿐, 가족이나 식구라고 부를 수 없었다. 돌이켜 생각하면 그것이 얼마나 다행스러운지. 가족이라는 덫에 갇혀 커오는 내내 벗어나려고 허우적댔다면 세상을 더 저주하고 살았을지 모른다.

엄마는 동네에서 유명한 보험 아줌마였다. 크지 않은 마을에서 직업으로 유명해봤자 별거 없지만 비아냥대는 투로 입에 자주 오르내리는 건 다른 문제다. 쓸데없는 다툼에 휘말릴 수 있어서 퍼진 소문을 잠재우느라 정작 중요한 것을 놓칠 수 있기 때문이다. 소문은 풍문이 되었고, 풍문은 어느새 사실이 되었다. 내 탓도 아닌데 들러붙는 풍문에 한여름 산(山) 모기에게 물려 피가 빨리는 것처럼 진저리가 나 한시라도 빨리 도망치고 싶었다. 그러나 나는 엄마 말고 보호자가 없는 미성년자라 엄마의 울타리에서 벗어날 길이 없었다. 어린 나이에도 엄마의 풍문을 피하느라 어른이 빨리 된 기분이었다. 그러함에도 엄마와 같이 지내 좋은 점을 굳이 꼽는다면, 같잖은 부탁을 거절할 수 있는 표정을 짓는 것과 어려운 일에도 겁먹지 않고 대범하게 행동하는 것을 어려서부터 익혔다는 것이다.

엄마 주변에는 사람이 많았다. 다가온 사람들은 성인이었고, 성별을 가른다면 남자가, 나이로 나눈다면 50대 이상이 대부분이었다. 꺼내고 싶지 않은 말이지만 그중 미성년자도 간혹 섞여 있어 나는 그들을 오빠라고 불렀다. 미키 오빠, 곰돌이 푸 오빠, 마이콜 오빠, 붕붕 오빠, 빨간 빤쓰 오빠 등등. 수상한 남자들이 엄마 주위를 맴돌며 그녀의 가슴이나 엉덩이를 주무를 때면 형용할 수 없는 수치심을 느꼈다.

내가 기억하는 엄마는 술에 취해 주정하거나 남자들의 여자에게 머리채나 멱살이 잡혀 악다구니를 쓰는 모습이었다.

"나라고 저딴 새끼들을 상대하고 싶겠냐? 아주 넌덜머리가 난다고. 근데 사람이 하고 싶은 것만 하고 살 수는 없잖아. 타고난 팔자가 더러우니 구질구질하게 그에 맞춰서 사는 수밖에 없지. 그게 어른이고, 인생인 것을. 결혼도 하고 싶어서 한 게 아니고, 자식도 낳고 싶어서 낳은 게 아니었다고!"

자신이 낳은 나를 두고도 악다구니를 치는 게 하루이틀이 아니라서 그런 식으로 말하는 게 놀랍지 않았다. 본인은 답답해 터뜨린 하소연이라고 생각할지 모르나 어린아이 같은 투정에 불과했다. 거칠게 숨을 내쉬면서도 남에게 들키지 않으려고 속내를 감추는 걸 보면 헛웃음도 아까웠다. 실은 우스웠다. 열두 살, 어린 내가 보기에도 엄마는 철이 없었다. 절대 보기 싫다면서도 자신에게 들러붙는 남자에게 질펀하게 웃음을 흘렸고, 주체도 못 하는 술을 날이 새도록 들이부었으니까.

이해할 수 없지만, 엄마는 그 생활을 사랑하는 듯했다. 술과 남자가 없었다면 세상을 어떻게 살았을지 궁금할 정도였다. 엄마랑 살아서 좋은 건 별로 없었으나 다 나쁘지만은 않았다. 빈 술병을 고물상에게 넘겨 돈으로 받는 건 어릴 때 용돈벌이의 주요한 수단이었다. 일을 할 필요가 없고 잠시 화를 누르면 되는, 그 어느 것보다 간단한 돈벌이였다.

커가는 내내 엄마를 견뎠다. 견디다, 버티다, 참다, 인내하다. 10대 초반의 나는 그런 단어로 엄마와 세상을 재단했다. 보험 파는 년은 몸도 팔아야 한다는, 자식도 피를 물려받아 흐르는 색기는 어쩔 수 없다는 말을 줄곧 듣고 살았다. 엄마와 관계한 더러운 사실이 마치 내가 한 것처럼 들러붙어서 떨어지지 않았다. 그런 현실이 정말이지 미칠 것 같았다. 엄마의 딸로 태어나 길러진다는 사실은 도망치지 못하는 숙명이지만 어떻게든 벗어나고 싶었다. 하지만 엄마의 기억은 각인으로 새겨져 아무리 노력해도 없어지지 않았다. 가장 끔찍한 건 엄마는 나를, 나는 엄마를 사랑하지 않았다는 사실이다.

그러던 어느 날, 엄마가 사라졌다. 그녀의 내연남이 엄마가 다른 남자와 붙어먹었다며 앙심을 품고 집으로 쳐들어와 엄마의 목을 졸랐다. 엄마는 그에게 격렬히 저항했으나 내연남의 분노에 찬 폭력에는 속수무책이었다. 남자의 나이 서른넷, 한창 혈기가 왕성한 나이였다. 어쨌든 엄마와 나의 동거인 인연은 그렇게 막을 내렸다.

그 기억은 잊으려고 했으나 그럴수록 선명해졌다. 사람이 사람을 죽이는 것을 처음으로 눈앞에서 봤다. 그건 목격했다기보다는 가만히 있었다고 말하는 게 맞을 것이다. 두 남녀는 내가 집에 있다는 사실을 눈치채지 못했다. 늘 나를 없는 사람 취급했던 엄마가 알아보지 못한 건 당연한 일이고, 엄마의 남자는 엄마를 없애려고 흥분해 있어 내가 특이한 짓을 벌였다고 해도 무시했을 것이다. 뺨을 치고, 발길질하고, 머리칼을 쥐어 내흔들고, 멱살을 붙들어 벽에 내동댕이치고. 남녀의 싸움이라 남자 쪽이 우세한 건 어쩔 수 없었지만, 엄마는 동네 싸움꾼답게 포기하지 않고 달려들어 남자의 진을 뺐다. 엄마는 손톱을 세워 남자의 얼굴을 갈겼는데 그 바람에 남자의 코에서 피가 터졌다. 남자는 코피를 훔치고는 화를 참지 못해 주먹으로 엄마의 얼굴과 가슴을 쉼 없이 후려쳤다.

나는 앞에 나서면 안 된다는 생각에 몸을 웅크리고 숨을 참았다. 살고자 하는 본능이었다. 사달을 훔쳐보며 몸을 작게 했지만, 그 와중에 이상한 감정이 꿈틀댔다. 엄마를 안타까워하는 게 아닌, 남자가 엄마를 완전히 끝내줬으면 하는 바람과 드디어 자유를 맞는 것인가 하는 희망이 싹텄다. 제발 남자가 이 모든 상황을, 엄마를 끝장내야 하는데. 나는 남자가 주먹을 휘두르고 발을 뻗을 때마다 몸을 같이 들썩였다. 남자를 진심으로 응원하고 있었다. 죄책감이나 걱정은 전혀 끼지 못했다.

어느 틈에 웅크린 몸을 풀고 두 사람이 싸움을 벌이는 방향으로 돌아앉았다. 남자는 나를 발견하고 잠시 놀랐으나 시선을 곧장 엄마에게 돌렸다. 그는 내가 있는 쪽으로 엄마를 밀쳤다. 설핏 웃는 얼굴에 악마가 보였다. 엄마는 남자의 힘에 밀려 장롱에 부딪혔고, 장롱 위에 올려둔 나무상자가 엄마의 머리 위로 그대로 떨어졌다. 엄마와 내가 눈이 마주친 건 찰나였다. 그러나 엄마는 금세 정신을 잃고 눈을 감았다. 쓰러진 사람이 괜찮은지 확인하려고 다가가지 않았다. 그저 사방에 내려앉은 정적과 주변에 인기척이 있는지 감지했다. 엄마가 살아나면 안 된다는 생각과 나는 살아야 한다는 마음뿐이었다. 두려워 비명도 지르지 못하고 입을 앙다물었다.

'이건 사실이 아니야. 내가 스트레스를 많이 받아 보이는 한갓 환영이야. 꿈일지도 모르지. 난 죽어가는 엄마를 보고 모른 척하는 염치 없는 인간은 아니란 말이야.'

얼마 안 있어 남자는 도망쳐 사라졌고, 나는 어디에도 신고하지 않고, 엄마 앞에 쪼그려 앉아 망연히 시간을 보냈다.

40분쯤 시간이 지났을까. 가까스로 일어나 엄마의 코에 손을 가져다 대었다. 숨이 느껴지지 않았다. 가슴에 손을 얹어보니 심장 박동도 없었다. 엄마의 머리에서 피가 흘러 누런 장판에 핏물이 고이고 있었다. 핏물이 푸르게 보였다. 이성적으로 말이 안 되는 묘한 빛으로, 작은 웅덩이가 되어갔다. 엄마는 완전히 증발했다.

고무장갑을 끼고 엄마의 옷을 이용해 방바닥을 닦고 피가 혹시 손에 스몄을까 봐 손을 씻었다. 더러운 기분을 지우려고 주방세제로 몇 차례 손을 닦고 살균제에 손을 잠시 담갔다. 차가운 물을 마시고 숨을 골랐다. 큰 실수만 하지 않으면 다 괜찮을 것이다. 목소리를 겨우 가다듬고 경찰서에 전화를 걸었다. 한참 울먹였다. 그건 억지로 한 연기가 아니라 이 광경이, 빠르게 대처하지 못해 바로 앞에서 죽은 엄마가 믿기지 않아서였다. 오랫동안 증오했으나 같이 살던 사람이었고, 나와 많은 것을 함께한 사람이 없어졌다. 나는 조사 나온 경찰에게 엄마의 내연남을 말했지만, 그가 잡히면 내가 한 짓도 들키므로 충격을 받아 기억나는 게 거의 없다고 얼버무렸다. 최선을 다해 허둥대었다. 경찰은 내가 보이는 두서없는 상태를 이해했다. 하나뿐인 혈육을 잃어 정신이 온전치 않다고 믿는 것 같았다. 내가 엄마를 죽이지 않았고, 내가 한 일은 청소밖에 없으니 거짓도 없었다.

그러나 엄마는 사라지지 않았다. 사람들이 우리 집에서 벌어진 살인 사건을 떠들 때마다, 죽은 엄마를 입에 올릴 때마다 끝나지 않을 것 같은 요들송의 후렴구처럼 나를 같이 입에 올렸다. 나는 그런 말이 듣기 싫어 대학으로 도망치려 했으나 멀리 갈 형편이 안되어 집에서 얼마 떨어지지 않은 곳으로 입학했다. 중고등학교 시절, 아르바이트하느라 학원은커녕 도서관 다닐 시간도 안 나서 성적은 엉망이었고, 대학 입학금과 주거를 책임질 부모가 없어 서울의 대학도, 지방의

국공립대도 생각하기 어려운 실정이었다. 결국 고른 곳은 4년 전액 장학금을 줘 학비 부담에서 벗어날 지방 사립대학이었다.

부모 복이 없으니 길은 스스로 내야 했고, 그나마 금전적인 부담을 덜 수 있는 곳이 최선이었다. 하지만 최선이 최고를 의미하지 않아서 결정의 책임은 내가 져야 했다. 사는 내내 편한 길은 없었다. 나를 도운 타인은 줄곧 없었다. 나를 보호할 울타리가 없었고, 부모가 사라진 뒤로도 나타나지 않을 것이다. 그러나 나는 알고 있었다. 어떤 길도 처음 길을 낸 사람이 있으며 각자 갈 길은 스스로 만들어야 한다는 사실을. 앞으로도 운명을 만드는 건 오롯이 나일 터였다. 엄마가 흘렸던 피를 마음에 아로새기며 내가 행운을 만들고, 불운은 걷어내겠다고 다짐했다. 불행은, 더군다나 내가 만들지 않은 사건은 그저 운이 없어 생긴 것일 따름이다.

*

2013, 과거

"날도 추운데, 멀뚱히 서서 뭐 해? 여기 옆으로 와서

앉지 않고."

불쾌한 얼굴로 올려다보는 도 부장의 눈이 붉었다. 평일 오후, 고작 네 시밖에 안 되었다. 실내는 시스템 난방기가 가동돼 온도가 상당히 높았다. 테이블 끝에는 반쯤 비운 몰트 위스키병과 잔 두 개가 놓여 있었다.

도 부장을 살피고는 꾸벅 인사했다. 주점이나 식당, 카페같이 여럿이 만나는 장소가 아닌 회사 회의실로, 그것도 자신의 옆으로 앉으라고 말하는 저의가 빤했다. 자주 있는 일인데도 도 부장의 의도가 불쾌해 마음을 다잡았다. 아직 별일이 일어나지 않아서 반발하기에는 애매해 들고 온 홍삼 진액을 테이블 가장자리에 올리고 날씨로 화제를 돌렸다. 한숨이 났으나 기분이 상하지 않은 척 시치미를 떼고 본론으로 들어갔다.

"말씀드릴 게 많아서요. 가까이 있으면 태블릿을 가리니까 여기 앉아서 화면을 보고 설명하겠습니다. 제가 덩치가 있잖아요."

고객을 마주하며 하는 설명과 해명은 익숙했다. 그러나 듣는 사람이 설명이나 해명할 수준을 넘어가면 어떻게 행동할지 작전을 짜야 했다. 도 부장의 시선은 나와 내 뒤로 난 출입문을 번잡하게 오갔다. 그는 눈을 맞추더니 어깨를 으쓱하며 입을 열었다.

"아는 걸 뭐 하러 귀찮게 더 듣나. 이거 시스템 냉난

방기 홍보자료잖아. 그쪽에서 지난주에 전자 카탈로 그를 보내줘서 대충 훑어봤지. 지홍 씨가 오늘 말해봤자 시간 낭비라고. 사실 내가 그딴 거에 무슨 관심이 있겠어? 그보다 나한테 얼마나 서비스해 줄지가 궁금한 거지."

도 부장은 서비스를 말하며 위스키를 한 잔 따라 내게 건넸다. 엉겁결에 잔을 받고 그 안을 들여다봤다. 위스키는 진한 보리차 색깔을 띠며 지독한 알코올 냄새를 풍겼다. 가짜 양주가 아닐까 하는 의심이 잠시 들었다.

서비스에는 두 가지가 있다. 하나는 뇌물성 돈 그러니까 현금과 같은 자금이나 그에 상응하는 물품이고, 다른 하나는 몸 로비이다. 그는 이 두 가지를 모두 원하고 있을 터였다.

도 부장에게 받은 잔을 그의 얼굴에 그대로 끼얹어 버릴까 상상했다. 예전의 나라면 고민할 필요도 없이 그렇게 했을 것이다. 적어도 그와 비슷한 '또라이' 짓은 벌였을 거다. 껄끄러운 놈은 안 보면 그만이고, 기회를 놓쳐도 다른 길이 있다고 믿던 때라 아쉽지 않았으니까. 불행히 지금은 그때와 생각도 처지도 달랐다.

받은 잔을 한 번에 털어 마시고, 곧장 병을 들어 도 부장의 잔을 채웠다. 거침없이 붓는 것처럼 보이지만 그에게 책잡히지 않으려고 술이 튈까 세심하게 조절하면서 따랐다. 도 부장이 잔을 비우는 것을 확인하고 태블릿을 그가 잘 보이게 돌린 다음 제품 설명을 시작했다. 입은 익숙한 말을 어렵지 않게 뱉었고, 머릿속은 이 상황을 회사에 어떻게 보고해야 그에 합당한 보상을 받아낼지 궁리하느라 복잡해졌다.

한참 고민하고 결론을 내렸다. 승훈을 이용할 때가 비로소 되었다고, 더 이상 참는 건 신중함이 아니라 미련한 짓이라고. 때를 놓치면, 기회도 잃는다. 지금껏 쥐고 있는 패를 풀어야 내가 진짜 원하는 걸 손에 넣을 수 있다며, 오래 세운 계획을 어떻게 실행할지 차분히 머리를 굴렸다.

2006과 2013
계급의 사다리

2006, 대학 신입생인 승훈과 지홍

"샐리는 내가 할게."

지홍은 다짜고짜 자신이 맡고 싶은 배역을 승훈에게 말했다. 승훈은 지홍을 물끄러미 쳐다보았다. 입학하고 한 달이 지나도록 동기들과 말 한마디 없이 지내던 사람이 모두 보는 앞에 나섰으니 그가 당황하는 건 당연한 일이었다. 하지만 승훈은 금세 표정을 고치고 오, 샐리 하면서 엄지를 흔들고는 해사하게 웃었다. 활짝 웃자 화농성 여드름이 더욱 붉어졌다. 그가 다가오자 향수인지, 옷에서 풍기는 세제 향인지 모를 강한 냄새가 지홍의 코를 찔렀다.

극에서 샐리는 비중이 높았다. 그만큼 외워야 할 동

작과 대사가 많았다. 지홍이 샐리를 하겠다고 자처한 이유는 그래야 자신을 그 조에 끼워줄 것 같아서였다. 샐리는 피에로 같은 우스꽝스러운 옷차림에 뽀글대는 곱슬머리 가발을 쓰거나 무지개 일곱 색상의 촌스러운 드레스를 입고 연기하는데, 감정연기마저 까다로웠다. 조별로 평가 점수를 똑같이 주니 어려운 배역을 맡고 싶어 하는 사람은 없었다.

지홍은 수능이 끝나자마자 아르바이트를 시작했다. 당연히 신입생 오리엔테이션과 엠티는 참가할 수 없었다. 그게 서운하다거나 아쉽지는 않았다. 대학생이 되었다고 없던 친구가 새삼 필요해진 것은 아니었기에 사람을 사귀려고 노력하지 않았다. 사실 누군가를 만나 걱정하고 시시콜콜한 말을 주고받는 시간, 거기에 소모해야 할 감정이나 에너지, 돈이 아까웠다. 하지만 대학은 중고등학교와 달리 다른 학생과 어울려 하는 과제와 프로젝트가 잦았다. 그때도 그랬다. 신입생 필수 과목으로 들어야 하는 영어 회화 수업에 교수가 중간고사를 대체해 조를 짜서 연극을 발표하라고 시킨 것이다. 학점이 걸린 필수 패스 과목이라 지홍은 누구라도 붙들어야 했고, 그중 가장 만만한 상대인 승훈을 찍었다.

샐리는 배우가 되고 싶은 농장 일꾼이다. 그녀는 우

스팡스러운 외모에 집안 형편이 넉넉지 않아 연기를 배우기 어려운 처지다. 지홍과 같은 조가 된 네 명의 동기는 샐리를 제외한 농장의 동물을 나누어 맡았다. 그중 승훈이 연기한 돼지는 샐리가 가장 신뢰하는 친구였다. 승훈이 돼지코를 붙이고 장난스럽게 연기를 하면 오리, 말, 닭 분장을 한 동기들이 동물 몸짓을 하고 장단을 맞췄다. 리더인 승훈이 극본을 고치고, 무대 세팅과 배역의 캐스팅을 조율해 지홍은 어렵지 않게 그들과 어울려 연기할 수 있었다. 물론 모르는 사람들 앞에서 하는 연기와 춤은 처음이라 엄청난 노력과 집중력이 필요했다. 지홍은 자신을 샐리라고 가리키며 떠드는 대사가 많았는데, 명랑한 목소리를 내느라 말을 빨리한 탓에 '샐리'를 '셸리'라고 잘못 발음해 연극이 중단될 때가 있었다.

농장 동물들에게 둘러싸여 한껏 기분이 좋은 샐리는 상상 속에서 배우가 되어 동물들과 춤을 추는데, 그 장면이 연극의 하이라이트이다. 무릎길이의 캉캉 스커트가 꽃이 피는 것처럼 사방으로 넓게 퍼졌다. 그때 지홍은 자신이 진짜 샐리가 된 기분이었다. 극 중 샐리는 다른 사람이 형편을 비웃어도 남들 말에 개의치 않고, 궁지에 몰려도 웃기부터 했다. 아무리 연극이라지만 지홍이 이해할 수 없는 독백과 감정이 많아서 표정이 어색하게 나올 때가 있었다. 그러나 한편으로 세상 무서운 게 없이 천진하게 행동하는 샐리가 지홍과는 많이 달라 위로받기도 했다. 웃기지 않아도 웃고, 어울리고 싶지 않아도 사람들과 같이했다. 이상하게 내키지 않은 것을 하는데 지홍은 어느새 밝은 표정을 짓고 있었다. 덕분에 동기들은 그녀를 환하게 웃는 사람으로 기억했다. 그때부터 지홍은 샐리가 되었다. 처음에는 농담처럼 샐리로 불리다가 나중에는 극 중 이름이 본명보다 유명해져 이름으로 대체되었다.

승훈은 지홍이 동기들과 어울리지 못하고 서성이면 어디선가 샐리를 부르며 나타났다. 북적대는 학생식당에서 사람들과 부대끼기 싫어 발길을 돌리면 "뭐해, 샐리? 같이 밥 먹자" 하며 말을 걸었고, 도서관에서 자리를 못 잡아 두리번대면 "뭐해, 샐리? 여기 앉지 않고" 하면서 자신의 자리를 내주었다. 한번은 기독교 공부 모임에 붙들려 설교를 듣는데 "뭐해, 샐리? 너희 삼촌 명현 스님이 과 사무실에서 널 찾으신다는데?" 하고 외쳐 가까스로 웃음을 참은 적도 있었다. 동기들은 샐리를 부르는 승훈의 목소리에 덩달아 지홍을 편하게 대했고, 지홍도 그들에게 밝은 모습을 보이려고 노력했다. 지홍은 왠지 모르지만, 동기들과 어울리다 보면 어느 틈에 긴장이 풀려 사는 게 가벼워진 기분이었다.

승훈은 누구에게나 스스럼없어 친구가 많았다. 그
래서 지홍과 같이 다녀도 둘을 커플로 오해하지 않았
다. 가끔 승훈 같은 사람이 왜 자신을 챙기는지 궁금
했으나 그는 누구에게나 다정한 사람이라 대수롭지
않게 넘겼다.

하지만 어느 순간 승훈의 표정이 처음과는 다르다
는 사실을 깨달았다. 그는 같이 웃고 떠들다가 눈이
오래 마주치면 얼굴이 빨개져 딴청을 부렸다. 학생 식
당에서 밥을 먹다 약속이 있다고 벌떡 일어서기도 했
고, 동기들과 있다가 지홍과 마주치면 자신이 왜 그들
을 만나고 있는지 불필요한 변명을 주절거렸다. 어색
함과 쓸데없음이 잦아지는 상황이 반복됐으나 지홍은
승훈이 달라졌다는 사실을 알은체하지 않았다. 밀어
내지도 않았다. "뭐해, 샐리?" 하고 묻는 승훈의 인사
가 여전히 필요했기 때문이다.

그런 승훈을 지홍이 멀리하기 시작한 건 한 학기를
마치고 술자리가 잦았던 어느 날부터였다. 그날은 학
교 앞 퓨전 주점에서 종강 모임이 있었다. 지홍은 승
훈과 나란히 술집에 들어갔다. 나란히, 라기보다는 어
쩌다 그 앞에서 마주쳐 엉겁결에 같이 들어갔다.

테이블 구석에 앉은 선배 하나가 주점에 들어서는

둘을 보고 외쳤다.

"요것들 봐라. 너무 붙어 다니는 것 아니야? 오래전에 끊긴 우리 과의 전통을 니들이 이어주려고?"

놀리듯, 아주 우스워 죽겠다는 듯 사람들이 와하하 하고 폭소했다. 끊긴 전통이라니, 니들은 술자리에서 후배를 안주 삼아 놀리는 게 전통씩이나 되냐? 지홍은 선배의 말에 대꾸하지 않고 고개를 돌렸다. 허접스러운 농담에 화낼 기운도 아까웠다. 사실 별 뜻 없는, 지홍이 아닌 속 좋은 승훈에게 하는 인사말이었을 것이다. 승훈은 한쪽 눈을 찡긋거리며 사람들을 따라 웃었다. 저런 말에도 멍청하게 웃고만 있는 승훈이 한심하기 짝이 없었다. 다만 농담이라고 해도 자신을 두고 비웃는 것 같아 기분이 더러웠다. 지홍은 승훈을 상대하기 싫어, 자신을 우스갯거리로 만든 그들이 짜증스러워 사람들과 멀찍이 떨어져 자리 잡았다.

이야기는 어지럽게 흘러갔다. 가방끈이 명품일지 모르나 수업 시간에 대체 무슨 소리를 떠드는지 알아들을 수 없다는 장 교수와 어느 공기업에 운 좋게 들어갔다는 졸업 선배의 취업 성공기, 지난주 소개팅에 나갔다가 거절당했다며 복수를 할 거라고 밑도 끝도 없이 분노를 뿜어내는 어떤 동기, 누군지 모르는 사람이 일어나 생뚱맞게 하는 영화배우의 성대모사까지. 지홍은 테이블마다 다른 얘기를 쏟아내는 사람들을 구경하며 듣는 시늉만 간신히 냈다. 그러다 자정 무렵 더 이상 참기 어려워 일어나려던 참에 승훈이 지홍의 옆자리에 앉았다. 취기로 목소리가 거칠어져 그가 무슨 말을 하는지 알아듣기 어려웠다.

"넌 종교가 뭐야?"

"뭐?"

"뭘 믿냐고. 종교!"

"종교? 그걸 왜?"

"지인짜 다행이다. 우리 아빠가 교회 다니는 여자는 절대 안 된다고 했거든."

임계점 도달. 지홍은 승훈의 말이 취중 고백이라는 생각이 들어 자리에서 일어섰다. 그런 말을 듣는 자체가, 술에 취해 엎어진 승훈의 뒤통수를 보는 것마저 자신의 처지를 가리키는 것 같아 자존심이 상해서 견딜 수 없었다. 이런 놈한테 붙들렸다간 더한 구렁텅이에 빠질 것 같고, 그 꼴을 견딘다 해도 앞으로 얻어낼게 없어 보였다. 영어 수업이 끝났으니 더 이상 그가 필요하지 않았다.

지홍은 승훈을 상대하지 않고 화장실로 가는 척 자리를 빠져나갔다. 새벽 한 시가 넘어 처음 모인 사람의 삼 분의 일은 이미 돌아간 뒤였다. 지홍이 주점을 나와 골목 안으로 들어서는데, 술주정처럼 어눌하게 외치는 목소리가 뒤에서 들렸다.

"같이 가, 샐리야."

지홍은 걸음을 멈췄다. 대체 언제까지 나를 샐리라고 부를 건데? 지홍은 대꾸할 기운도 없고, 가치도 느끼지 못했다. 그곳에는 샐리가 없고, 앞으로도 샐리는 나타나지 않을 거라서 돌아볼 필요가 없었다. 시간은 지홍과 승훈을 한참 전에 아무것도 아닌 사이로 갈라놓았다. 지홍은 전력을 다해 달리며 승훈과의 인연과 자신이 아니었던 한때를 삶에서 깨끗이 도려내었다.

*

2013, 더 벌어진 사다리

며칠 사이 지홍이 바뀌었다. 승훈은 호의적이었던 지홍의 태도가 진심이 아님을 알고 있기에 그녀가 바뀐 게 놀랍지는 않았는데 행동이 갑자기 변한 이유가 궁금한 건 어쩔 수 없었다. 영리한 사람은 아니지만, 그렇다고 대책 없이 움직이는 사람도 아니었다.

"오다가 생각나서 카페에 들렀어. 너, 아인슈페너 좋아하잖아. 요즘 핫한 데라서 마실 만할걸?"

"일부러 사 온 건 아니지? 축하받을 일도 없는데, 왜 그래? 무섭게."

승훈은 지홍이 건넨 의미심장한 커피를 받아 들며 어색하게 인사했다. 소주를 마시러 와서 따듯한 아인슈페너라니 아무리 생각해도 호의로 내민 게 아니었다.

"일은 잘돼 가? 힘들다고 하지 않았나?"

승훈은 분위기를 돌리려고 관심 없는 안부를 물었다. 지홍이 커피를 사 온 걸 두고 생색낼까 봐 화제를 바꾸려고 했다.

"다를 게 있나. 영업 대상이 매너가 있으면 그나마 편하고, 아닌 놈이면 죽었다고 생각하면서 시간아, 제발 가라 하며 버티는 거지. 사람이 나이 먹어서 꼰대가 되는 게 아니야. 요새 젊은 꼰대가 얼마나 많은 줄 알아? 자리가 사람을 만드는지, 아니면 원래 그랬는데 뒤늦게 본성이 튀어나오는 건지. 우리보다 한참 어린 놈이 갑이라고 꼴값 떠는 걸 보면 정말 한 대 치고 싶다니깐. 내 처지가 을이나 병 혹은 정이라서, 욕도 시원하게 못 하지만. 얼른 사무직으로 돌리든, 아니면 딴 직장으로 도망쳐야 하는데⋯⋯. 이러다 정말 피가 말라 죽겠어."

그럼 그렇지. 지홍이 왜 커피까지 사 들고 나를 찾아왔겠어? 승훈은 지홍의 매번 비슷한 불평에 고개를 내

젓고는 아인슈페너를 한 모금 넘겼다. 달리 위로할 말이 없거니와 위로할 상황도 아니었다. 명품 백을 메고, 다들 아는 직장 명함을 돌릴 수 있으면 제 경력에 훌륭한 것 아닌가? 한동안 잠잠하더니 뭘 꾸미려고 꿍꿍이를 감추며 얘기하는 걸까?

승훈은 다시 커피에 입을 댄 뒤 내려놓고 지홍을 쳐다보았다. 자신이나 지홍 둘 다 자랑스럽게 내세울 배경이 없었고, 학벌이나 집안을 떠나서 남보다 뛰어난 능력을 갖추지 못해 괜찮은 직장에서는 환영할 인물이 안 되었다. 아버지의 전자제품 대리점도 알고 보면 빚더미 속에 개업한 거라 멀리에서 보기에만 그럴싸한 빛 좋은 개살구였다. 어쨌거나 사회생활을 시작했고, 원하든 그렇지 않든 밥벌이하니 나쁘지 않다고 생각했다.

둘은 살아가는 태도가 달랐다. 승훈은 과거 살해 사건에 연루되었으나 그 뒤로 주어진 환경에 어울리며 살려고 노력했고, 지홍은 과거의 삶을 이용해 남들이 부러워할 인생을 계획했다. 승훈이 보기에 지홍은 살해 사건에서 자신이 정당한 보상을 받지 못했다고, 승훈과 같이 범행을 저지른 무리를 원망하는 듯했다. 지홍은 속마음을 감추지 못해 조금만 눈여겨보면 무슨 생각을 하는지, 현재 위치에 어떤 불만이 있는지 금방 알아챌 수 있었다.

승훈은 그런 지홍이 답답했다. 계급의 사다리, 의자 뺏기 싸움은 이론이 아니라도 현장에서 자주 겪었을 텐데 그런 것에는 신경 쓰지 않고 발버둥 치는 꼴이 안타깝다 못해 가소로웠다. 과거의 사건이라면 지홍도 함께한 일이고, 그에 따른 보상금은 살해 무리에게 받아냈으며 일자리는 승훈의 아버지를 협박해 대리점에 취직했다. 직업도 챙겼으니 보상금만 얻어낸, 그것도 채영 형이 무리에게 사기를 쳐 소액만 받은 사람들보다 손에 쥔 게 많았다. 그럼에도 지홍은 그 정도로는 부족하다며 욕심을 부렸다. 지홍이 가진 배경과 능력으로 가닿기 어려운 자리였음에도 현실과 타협하지 않고 더 많은 것을 탐냈다.

지홍은 과거 골품제로 치면 성골이나 진골은 아니었다. 그저 열심히 노력한 공이 가상해 5두품이나 4두품에 오를까 말까 한 인물. 지홍은 그 상황을 거부하지만 현실은 버둥대지 않으면 벼슬에 오를 수 없는 3두품 이하로 언제든 밀려날 수 있었다. 아주 냉정히 말하면 지홍은 살해 무리에서 한 부품일 따름이다.

승훈은 처지를 모르고 까부는 지홍이 그저 답답했다. 지홍은 정말 이런 상황을 모르는 것일까. 승훈은 머릿속이 혼란스러워 잠시 생각을 정리했다. 그녀가 많이 노력해도 현실을 바꿀 수 없다는 사실을 알기에 마음이 쓰렸다. 한때 좋아했던 친구이자 범행을 같이 저지른 의리로 농담처럼 진실을 말해 자신들의 위치를 상기시켰다.

지홍은 승훈을 흘깃 보고는 가방을 뒤적거렸다. 승훈은 지홍의 모습을 살피면서 그녀가 무엇을 찾는지 가늠했다.

"찾았다. 깊이도 박혀 있었네."

지홍은 혼잣말처럼 중얼거렸으나 승훈이 내려다보자 둥글게 쥔 주먹을 내밀고는 손을 펼쳤다. 그것은 손가락 두 마디 길이의 USB였다.

"이게 뭔데?"

"뭘 거 같아?"

"시력검사 하냐? USB잖아. 나한테 넘길 자료라도 있어?"

"넘길 건 없고. 봤으면 하는 게 있어서. 아니, 꼭 봐야 한다고 말하는 게 맞겠다. 핸드폰으로 찍은 거라서 원본을 따지는 게 의미 없지만, 너희한테 또 당하면 안 되니까 다른 데에도 같은 걸 저장해뒀어. 그러니까 허튼수작 부리지 말라는 말이야. 그게 뭔지나 대충 봐."

목이 180도로 꺾인 검은 염소, 들것과 등산용 헤드
랜턴에 스틱 모형의 핸드 랜턴, 피해자가 낼 고성을
막을 입막음용 테이프, 두꺼운 황토색 마대, 쇠가 박
힌 장도리와 날을 잘 간 단도. 어두운 밤이 배경이라
누구를 찍었는지 알아보기 힘들게 여러 사람이 등장
한 사진. 무릎을 꿇고 기도하는 사람이 보였고, 누군
가를 살해하기 전 감정에 북받쳐 울부짖는 사람도 있
었다. 모두 승훈과 지홍이 같이 있던 자리였다. 승훈
은 거기에 자신이 있다는 사실에 놀랐다. 지홍이 마지
막으로 내보인 사진은 사람들에게 둘러싸여 승훈의
아버지에게 장도리로 머리를 맞고 피투성이가 된 한
여자였다.
　승훈은 핸드폰에 저장된 사진을 찬찬히 넘기며 손
을 떨었다. 그간의 일을 지홍이 사진으로 남긴 것도
놀라웠거니와 그들이 했던 일을 다시 보니 기억이 되
살아나서 목을 죄어왔다. 김은성을 비롯해 그녀와 같
이 일을 공모한 사람들에게 했던 협박과 폭력, 거기에
살인을 연습하기 위해 처참히 죽인 스무 마리가 넘는
염소들에 세 명의 알 수 없는 피해자. 어둠 속에서 피
해자가 흘린 피가 승훈의 팔에 떨어져 미끄러졌던 싸
늘한 감촉이 떠올라 몸이 얼어붙었다. 승훈은 지홍에
게 핸드폰을 던지듯 돌려주었다.

"이걸 뭐 하러? 다 지난 일이잖아. 경찰도 이 사건 종결 처리했고, 수습할 것도 더 이상 없다고. 대체 뭘, 이걸로 지금 할 수 있는 게 있기나 해?"

"와, 넌 이게 진짜 끝났다고 생각했구나?"

지홍은 승훈을 빤히 보며 묻고는 고개를 가로저었고, 승훈은 지홍의 고갯짓이 평소와 달리 무거워 표정을 굳혔다. 얘기가 어떻게 돌아갈지 모르지만, 뭔가 찜찜해 대화의 흐름을 어떻게든 바꿔야 했다. 지홍은 그사이 헛기침을 크게 하고는 가방을 다시 뒤졌다. 그러곤 두 장의 사진을 꺼내 한 장씩 손에 들고 흔들었다.

"기억나지? 이건 사람들을 모아서 일을 설명하는 네 뒷모습을 찍은 거고, 이건 너희 아빠, 우리 점장님이 장도리를 들어서 여자의 머리를 내리치기 바로 직전이야. 너는 어렵지 않게 사진을 찍었는데 점장님은 날 의심하실까 봐 일을 돕는 척 연기하느라 정말 고생했거든. 근데 내가 왜 이걸 가지고 있는 줄 알아?"

승훈은 대꾸하지 않고 지홍이 말을 잇길 기다렸다. 잘못 대답했다간 사진을 미끼로 말도 안 되는 걸 요구할 수 있었다. 협박이나 보상, 그것도 아니라면 아버지의 대리점을 통째로 넘기라고 설쳐댈지 몰랐다. 지홍이 순진하지 않다는 건 잘 아는 사실이었다. 또한 지홍이 보통 사람과 다르게 생각하는 것도 잘 알고 있었다.

"내가 점장님께 말씀드리면 거절하실 테니까 네가 본사에 나를 올려야 한다고 졸라봐. 영업 말고 사무직으로 말이야. 현명한 분이시니까 방법은 알아서 찾으실 거야. 알잖아. 나, 멘탈이 강하고 유능해서 어딜 가도 인정받는 거. 부모를 잘 못 만나 이렇게 빌빌거리고 살고 있지만 판만 잘 벌여줘 봐 누구보다 잘할 자신 있다고. 내가 생각하는 자리에 앉기만 하면 그 뒤로는 알아서 할 테니까 걱정하지 말고. 대신 허접한 위치 말고, 위로 치고 올라갈 수 있는 자리로 부탁드려 줘. 어렵지 않지?"

승훈은 어처구니가 없어 헛웃음을 쳤고, 지홍은 그런 승훈을 보며 승훈 아버지의 살인 연습이 찍힌 사진을 승훈의 얼굴에 가까이 들이밀었다. 그건 예행연습이라고 말은 붙였으나 사람을 진짜 살해한 것이었다. 하지만 핏물로 얼굴이 가려져 피해자의 얼굴을 알아볼 수 없는 사진이었다. 그때 지홍은 엄마가 살해당했을 때 자신이 덮었던 일을 떠올리며 승훈의 아버지가 사람을 빨리 해칠 수 있게 시범을 보였다. 어찌 되었든 지우고 싶은 기억이었다. 과정이 어떻게 흘렀건 간에 사람을 죽인 사람은 지홍이 아닌 승훈의 아버지였다. 지홍은 그저 코치했을 뿐이고, 죽이라고 지시한 적도 없었다.

"네가 협조를 안 하면 나도 어쩔 수 없지. 이걸 가지고 경찰서로 달려가는 수밖에. 네가 어떻게 할지 넋 놓고 기다릴 수는 없잖아. 살인 공소시효가 15년이니까 신고하면 그때 그 사람들이랑 외롭지 않게 구치소에 갔다가 교도소로 행차할 수 있겠다. 물론 너랑 너희 아버지도 함께 말이야. 난 잃을 게 없어서 상관없는데, 너는 어떡할래? 친구였으니까 끈끈했던 우정을 생각해서 연대할까? 그래도 우리, 한동안 절친이었잖아. 고민해 봐. 네가 나를 도와서 평화롭게 이 게임을 끝내는 게 최선 아니겠어? 동기와의 아름다운 우정."

"넌 이 사람이, 죽은 여자가 누구인지 알아보겠어? 난 정말 모르겠는데? 경찰이 피해자가 누구냐고 물으면 뭐라고 할 건데? 피와 머리카락이 얼굴을 덮어서 누구인지 어떤 사람도 알아낼 수 없다고. 증거도 당연히 없을 거고. 이걸 증언해줄 사람이라도 찾았어?"

"와, 지금 오리발 내미는 거야? 그럼 이건 또 어떡할래? 이번엔 빠져나가기 힘들 텐데."

지홍은 핸드폰을 드밀며 엑셀 시트와 사진 몇 장을 넘겼다. 승훈은 그것이 아버지의 대리점에서 찾아낸 거라고 짐작하지만, 무엇인지 정확히 몰라 따질 수 없었다. 지홍은 허둥대는 승훈을 보며 웃었다.

"이거 완전 실망인데? 대리점 점주 아드님께서 아버지가 어떻게 돈을 버는지도 모르면 쓰나? 잘 봐. 이건 중국산. 이건 S 전자 정품. 얼핏 보면 두 제품이 똑같긴 하다. 그런데 두 개가 정말 같은 제품일까? 같은 제품이라면 내가 굳이 보여줄 필요 없겠지. 그래서 두 제품이 같아 보이지만, 완전히 다르다는 것을 사진으로 확실히 보여주려고 이렇게 증거로 가져왔지."

지홍이 내보인 건 두 개 제품과 정품 보증서 사진이었다. 두 장의 보증서는 토씨 하나 다르지 않고 내용이 같았다. 심지어 제품의 일련번호까지 같았다. 사진의 배경은 승훈 아버지의 전자제품 대리점 창고였다.

"있잖아. 내가 우리 점주님 정말 존경했거든. 나처럼 별 볼 일 없는 시골 출신인데 서울에서 버젓한 전자제품 대리점을 운영하며 나 같은 점원을 부리시고. 점원한테는 거들먹거리지 않으시고, 손님들한테도 진짜 친절하셔. 허튼 말씀 안 하시고, 청소 같은 자질구레한 일이나 손님들 커피 남긴 것 처리도 직접 하시고. 이걸 보기 전까지는 인성도 최고라고 생각했거든. 어려운 세상에 어른도 있긴 하구나……. 운도 없게, 왜 하필 나 같은 사람한테 걸리셔서. 가끔 출고가에 비해 제품을 엄청나게 싸게 파셔서 걱정했거든. 나도 좋은 사람에게는 맘이 약해. 그것 때문에 문제가 생기지 않을까 하고 걱정돼서 창고 물품을 조사했던 거고. 내가 자주 말했잖아. 나 눈치가 빠르다고. 이게 한 번 의심하니까 걷잡을 수 없데? 정말 성실하게, 매장 제품과 창고의 재고 물품까지 샅샅이 뒤져서 대조했어. 점주님은 내가 매장을 대청소한다고 오해하셨을 거야. 삼대 일쯤 되려나? 짝퉁 삼에 정품 일. 예리한 손님한테 안 걸린 게 얼마나 다행이야. 그건 점주님이 정말 복 받으신 거지. 나 같은 사람이 고객이었어 봐. 이 사실을 알고도 넘어갔을까. 내가 잡아낸 것만 해도 서른다섯 건이 넘어 실수라고 우겨도 봐줄 수준이 아냐. 중국산, 필리핀산, 베트남산, 캄보디아산, 또 어디가 있었더라. 이탈리아 명품 백도 아니고, 스위스산 시계, 독일 차나 프랑스제 화장품, 호주산 비타민도 아니잖아. 누가 동남아에서 생산한 전자제품을 반기겠어? 게다가 제값을 주고 산 짝퉁을 말이야. 사람은 절대 겉만 보고 알 수 없어. 내가 인생의 큰 교훈을 얻었다. 혹시 몰라서 카피 제품 몇 개는 숨겨뒀지. 아무도 안 도와주는데, 나라도 내가 살 대책을 세워야지."

지홍의 눈은 그 어느 때보다 반짝였다. 승훈이 한때 사랑했던 생기 있는 눈빛이었다. 같은 눈인데 이렇게 다르게 보일 수 있다는 게 당혹스러워 지홍을 쳐다보다 말고 고개를 내저었다. 시선을 맞추면 본심이 들킬 것 같아 저만치 떨어진 곳을 내다보았다. 지홍은 승훈과 승훈의 아버지가 꼼짝하지 못하게 할 확실한 증거를 손에 쥐고 있었다.

"이거 공개되면 대리점 어떻게 되는지 말 안 해도 알지? 아주 편하지는 않을 것 같은데."

"알았어. 알아들었으니까 조금만 시간을 줘. 아버지한테 말씀드릴게. 그리고 아버지가 답을 내놓을 때까지 며칠 동안이라도 휴가 다녀와라. 대리점은 내가 나가든, 다른 점원에게 맡기든 알아서 할게. 그것도 아버지께 허락 맡을 거니까 매장 일은 아예 잊어버려."

2024

Sleeping Lotus

방 안에는 연하장과 봉투가 잔뜩 쌓여 있었다. 나는 삼천여 직원의 이름을 한 글자씩 짚어 살피고는 주소가 프린트된 스티커를 이름에 맞춰 봉투에 붙였다. 사장이 직원에게 보내는, 내용은 같으나 개별로 이름을 적은, 새로운 해를 축복하는 카드다. 펼친 연하장은 하필 내 것이었다.

윤지홍 님께

다사다난했던 한 해가 저물고 희망찬 새해가 밝았습니다.

다가오는 새해에는 하시는 일 더욱 잘되시길 희망하며, 언제나 행복하고 건강하시길 바랍니다.

소망하는 일, 모두 이루어지는 복된 새해 맞이하시길 기원합니다.

새해 복 많이 받으세요.

현성 일렉트로닉스 CEO 최상천 드림

대체 몇 사람에게 연하장을 잘못 보낸 걸까. 부서별로 보냈거나 이름이라도 순서에 맞춰 발송했다면 혹은 어떤 식으로 부쳤는지 알 수 있다면 추적이 한결 쉬울 텐데.

연하장을 잘못 보냈다는 걸 인지한 건 우리 부서의 신입사원이 해외 사업 본부장에게 보낼 연하장이 자신에게 왔다며 들고 왔을 때였다.

"대리님, 본부장님께 갈 게 저한테 왔어요."

다행히 그걸 들고 온 직원은 업무로 내게 종종 도움을 받아 사이가 나쁘지 않은 사람이었다. 눈치가 빨라 다른 직원에게 말을 퍼뜨리면 안 된다는 사실도 잘 알고 있었다. 그렇다고 해도 달라지는 건 없었다. 얼마나 많은 연하장을 잘못 부쳤는지, 몇 명이 다른 사람 이름으로 받았는지 등기가 아닌 보통 우편이라 추적이 어려웠다.

연말 바쁜 시기에 허드렛일을 도울 임시직이 연하장 작업을 모두 마쳤다고 보고하고는 종적을 감췄다. 회사 실적이나 홍보와 관계없는 대단치 않은 일이라

여겨 발송을 다 끝냈다는 보고와 임시직이 연락이 안 된다는 말을 듣고도 크게 신경 쓰지 않았다. 그런데 그 임시직이 사라져 우편을 일부만 발송했는지, 전부 발송했는지, 어떻게 보냈는지 물을 수 없었다. 내 것이 오지 않았고, 팀원이 잠잠한 걸 보면 전 직원이 받은 건 아닌 듯했다.

실수를 되돌릴 수 없지만, 터진 일은 수습해야 했다. 연하장 업체에 급히 연락해 새로 보낼 연하장 제작을 요청한 뒤 사비로 대금을 지불했다. 연하장을 발송할 직원 명단이 없어서 사내 인사 정보 시스템에 들어가 이름과 부서, 주소, 전화번호를 정렬한 뒤 명단을 출력했다. 보낼 사람을 꼼꼼히 살폈다. 더 이상 실수가 있으면 안 되었다. 발송 대상자가 섞여 잘못 보냈다는 부장의 질책은 막을 수 없겠지만, 개인적으로 대금을 지출해 되돌리려고 노력했다는 점이 참작되어 경위서 제출은 피하길 바랄 뿐이었다. 이게 꼬여서 승진하는데 지장이 있으면 안 되는데, 어떻게 이 자리에서 버티고 있는데 더 주저앉지는 말아야 하는데……. 나는 혹시 몰라 여러 차례 임시직에게 전화했고, 화를 누르며 당시 상황을 묻는 문자를 연거푸 보냈다.

되짚어보면 내가 한 실수가 아니었다. 팀원이 모두 업무를 거부해 어쩔 수 없이 떠맡은 일이었다. 나도 하기 싫었으나 동료 평가를 생각하며 업무를 받았다. 그깟 연하장이 잘못 왔다고 서운할 사람도 없을 터였다. 내가 처리한 일도 아닌데, 남이 한 잘못에 왜 끙끙 고민해야 하는지 억울했으나 불만을 토하는 것보다는 앞으로 생길 문제를 막는 게 먼저였다. 우스워질 것이다. 우편 하나 처리 못 해서 일을 그 지경으로 만들었다고? 그러니까 남들 다 하는 과장 승진을 여태 못 했던 거겠지. 아무리 노력해도 마음속에서 일어난 분노는 쉽게 꺼지지 않았다.

입사한 지 12년에 대리 9년 차. 내가 없을 때 직원들은 나를 '만대예'라고 부른단다. 만년 대리 예정자의 줄임말이라고. 그들과 싸우는 게 의미 없어 그런 뒷담화를 들어도 반응하지 않고 무시했다. 그간 당했던 일을 억지로 비워내며 일에 몰두했다. 하지만 퇴근해 돌아와 우편 발송 스티커를 붙이고 연하장에 적힌 이름을 봉투와 맞추는 현실은 한심하기 짝이 없었다.

어쨌거나 오늘이 지나기 전에 작업을 모두 끝내야 내일 출근하면서 우체국에 들러 연하장을 등기우편으로 발송할 수 있다. 긴장한 채로 종일 신경을 써서 감정이 곤두섰고, 피로가 극에 달해 뒷골이 당겼다. 폭신한 이불이 깔린 침대를 보니 정신이 더욱 아득했다. 자꾸 눕고 싶은 마음을 누르고, 몽롱한 정신을 깨우기 위해 각성에 가장 효과가 좋다는 에너지 음료를 마셨다. 연하장 안에 적힌 이름과 봉투에 붙이는 스티커의 이름이 같은지 소리 내서 읽어가며 한 번 더 확인했다. 이천사백이십사 명 완료, 이제 오백여 명 남았다.

*

　나는 전자제품 대리점 점주인 승훈 아버지의 추천으로 현성 일렉트로닉스에 지역 출신 특채로 취직했다. 제대로 된 직장에 들어가기 위해 점주인 승훈의 아버지와 회사를 상대로 몇 개월 동안 지난한 싸움을 벌였고, 전자제품 대리점의 운영 비리를 공개한다고 점주를 위협해 어렵사리 본사로 입사하는 데 성공했다. 그러나 신입사원 연수가 끝나기 전에 뭔가 잘못되어가고 있음을 깨달았다. 첫 발령부서가 신제품 개발팀이었는데, 일하는 곳이 졸업한 대학에서 10킬로미터도 떨어지지 않은 공장이었다. 나와 입사 동기 둘은 이름만 번듯한 공장 산하 부서로 발령이 났다. 한마디로 공장의 현장 반장과 비슷한 일을 하는, 보통은 사무직으로 뽑은 신입사원을 보내지 않는 자리였다. 기를 쓰고 고향을 떠나 전자제품 대리점에 입사한 다음 전자제품 회사의 정직원 자리로 간신히 들어갔는데,

얼마 지나지 않아 원점에 선 것이었다.

처음에는 인사발령을 가볍게 받아들이려고 했다. 어쨌거나 나는 이 지역 출신이고, 무슨 일을 하든 현장을 돌면 배울 것이 많아 나쁘지는 않을 거라고. 어쩌면 본사의 명문대 출신 직원들의 등쌀에 시달리는 것보다 숨을 고르면서, 앞으로 일할 회사의 분위기를 익히는 것도 좋을 거라며 애써, 정말이지 애써 마음을 단속했다.

어떤 상황에도 자격지심은 도움이 안 된다. 그래서 나는 누구에게 밀려 쫓겨난 것이 아니며, 공장에서 열심히 하면 기회는 얼마든지 생길 거라고 긍정적으로 마음을 고쳐먹었다. 이런저런 아르바이트 경험을 살려 현장 업무에 기분 좋게 나섰고, 공장을 청소하고 트럭에 완제품을 싣는 등 내가 하지 않아도 될 일을 알아서 거들었다. 인사 고과에서 동료 평가 항목을 생각하며 현장 직원들에게 친절했고, 본사 출장을 부담스러워하는 직원을 대신해 출장을 다녔다. 교육, 회의, 워크숍처럼 같이 발령 난 동기들조차 귀찮아하는 일에 적극적으로 나섰다. 특히 본사 인사팀에서 나온다는 회사 행사는 빠짐없이 참석하려고 노력했다. 얼마나 구차하게 돌고 돌아서 올라온 자리인데, 하고 마음을 다스리며 4개월 가까이 숨을 골랐다.

마침내 기회가 왔다. '창의 인재 육성을 위한 다 함께 워크숍'. 공장 직원들은 대개 그래왔듯 새로운 일을 벌이겠다는 회사의 계획을 반기지 않았고, 당연한 일처럼 워크숍은 입사한 지 반년도 안 된 내 차지가 되었다.

그곳에서 재욱을 만났다. 대학 다니는 내내 학자금을 버느라 휴학을 반복했고, 전자제품 대리점에서 1년 넘게 근무해 신입사원 중 나이가 많은 축에 들었던 나와 능력을 일찌감치 인정받아 회사 창립 이래 최연소인 30대 중반에 부장 자리에 오른 재욱. 2박 3일 동안 하는 워크숍에서 재욱은 나의 멘토였다. 재욱은 외모와 경력 같은 자기 관리를 평소에 철저히 한 덕분인지 아니면 캐주얼 차림이어서 그러는지 나보다 젊어 보이기도 했다. 나이를 얼마나 먹었든, 그를 바라보는 사람들의 시선이 어떻든 중요하지 않았다. 나는 다만 그의 위치가, 어쩌면 나를 원하는 자리로 옮겨 줄지 모를 그의 능력을 보고 싶었을 뿐이다.

인사팀에서는 첫날 워크숍을 마치고 건물 지하 식당에 맥주와 음료, 주전부리를 준비해 멘토와 멘티의 첫 만남 자리를 마련했다. 행사를 주관하는 인사팀이 끼지 않은, 선후배 사이에 상대를 알아가는 부담 없는 자리였다. 하지만 멘토와 멘티로 만난 사람들은 종일 워크숍을 같이했음에도 대화를 이어가는 걸 어색해했다. 나 또한 그러했다. 단지 나와 다른 멘티의 차이점이 있다면 그들은 정말 자리가 불편한 거고, 나는 자리가 껄끄러운 척 연기하고 있다는 것이었다.

신입사원이라 적당히 서툴고, 한참 선배에게 졸아 긴장한 것처럼 보일 것. 어색한 것은 자연스럽지만 자신감이 없어 보이면 안 된다고 적당한 수준의 연기를 하는 데 최선을 다했다. 사실 어느 정도가 적당한지는 몰랐다. 그저 상사에게 잘 보이려고 예의를 갖춰 최선을 다하지만, 닳고 닳은 사람처럼 보이면 안 된다고 계속 되뇔 따름이었다. 드라마나 영화의 진부한 장면을 떠올렸다. 군기가 바짝 들어간 신입사원과 이를 안타깝게 바라보는 상사. 나는 재욱을 똑바로 보지 않고 그의 가슴에 부착한 정재욱이라는 명찰에 시선을 두었다. 재욱은 한참 만에 나와 자신의 잔에 맥주를 채웠다.

"죄송합니다. 이런 건 신입이 알아서 해야 하는데요."

"누가 술을 따르는 게 뭐가 중요한가요. 그건 그렇고, 실내가 너무 건조하지 않아요? 난 아까부터 목이 말라서 언제 마셔도 되나 눈치만 보고 있었는데."

재욱은 말을 끝내자마자 잔을 들어 시원하게 들이

켰다. 갈증을 참기 어려웠다는 듯, 그러나 앞사람이 자신의 술잔을 챙기지 않은 것은 개의치 않는다는 듯이. 그는 마신 잔을 내리고 잔을 들어 내게 건넸다.

"이렇게 만난 것도 인연인데, 한 잔씩 주고받아야죠. 혹시 알아요? 나중에 이 순간이 기억에 오래 남게 될지도."

그는 맥주를 따르며 해사하게 웃었다. 예상치 못한 미소가 당혹스러웠다.

재욱은 흔히 말하는 자상한 직장 상사가 아니었다. 워크숍에서 관찰한 바로 그는 좋게 말하면 냉철하고 지적이었으나, 엄밀히 말하면 자기가 맞는다고 생각하는 것은 끝까지 굽히지 않아 다가서기 어려운 스타일이었다. 하지만 표정이 누그러져 소리 내어 웃을 때면 금방 인상이 바뀌어 그가 하는 말에 더욱 집중하게 되었다. 어쩌면 업무를 볼 때 판단이 단호하고, 사람을 움직이는 심리전에 능해 회사에서 인정받는지 모르겠다. 빈말로 거창한 계획만 남발하는 인간보다 성격에 다소 결함이 있을지라도 일을 제대로 하는, 능력 있는 직원이 회사에서는 필요할 테니까.

비록 워크숍이 짧았으나 재욱에게 호감을 느끼기에는 충분했다. 과시하려고 꾸민 게 아닌 자신이 맡은 일에 충실해 그 안에 뭔가 있을 것 같은 분위기를 자아내는 사람, 그래서 때로는 그게 무엇인지 궁금해 슬그머니 다가서게 하는 인물. 그는 그렇게 보였고, 그런 그와 같이 일하고 싶었다. 나와 비슷하게 다른 직원들도 재욱의 능력에 경외감을 느끼며 바라보는 듯했다. 나는 재욱의 잔에 맥주를 가득, 그러나 넘치지는 않게 따랐다.

공장에 같이 발령 난 두 명의 동기는 내가 그곳에서 빠져나갈 무렵 시간 간격을 두고 회사를 그만두었다. 발령 난 지 보름 만에 동기 하나가, 그리고 석 달이 지나서 내가 본사에 올라오기 한 달 전쯤 남은 동기 한 사람이 퇴사했다.

처음 나간 동기는 어떤 인사나 사직서도 없이 회사에 출근하지 않았다. 두 번째 동기는 나를 공장 뒤편 족구장으로 불러내 단 한 마디, 한 마디를 하고 손을 흔들었다.

"잘."

잘, 이라니. 잘 지내라는 건가. 잘 버티라는 건가. 잘 해 보라는 뜻인가. 물론 그 모든 것이 답이었을 테지. 나는 순간 멍해져 너도, 하고 대답했고, 그 말에 그는 픽 웃고는 자리를 떴다. 기운 없이 흔드는 고갯짓을 보며 그가 나도 얼마 못 버티고 나갈 거라 어림한다고 생각했다. 잘 버텨라. 그래 봤자 그 시간이 얼마나 갈지 모르겠지만.

신입사원 둘이 입사하고 얼마 안 돼 퇴사한 탓인지, 그로 인해 인사제도에 문제가 있다고 판단한 것인지 공장에 유일하게 남은 신입사원인 나는 입사 동기들이 그만두고 얼마 안 돼 본사로 발령이 났다. 회사에서는 나이와 성별, 학벌과 지역 등을 보지 않은 블라인드 채용을 회사를 홍보하는 데 충분히 활용했고 필요하지 않은 직원이 제 발로 나갔으니 이만하면 되었다고 결론 내었는지 모른다. 셋 다 내보내면 지방 인재 채용이라는 본래 취지가 어그러질 수 있어 둘은 내보내고 남은 하나를 본사로 끌어오는 게 제도를 홍보하기에도, 나중에 말이 돌아도 최소한의 방어가 가능하다고 내부에서 합의를 봤는지도 몰랐다. 신입사원이 모두 지방 사립대 출신에 딱히 내세울 게 없는 배경을 지니고 있어서 그렇게 생각한 게 과장은 아닌 듯싶었다. 내가 본사로 인사발령이 났을 때 공장 사람들이 보인 반응도 내 추측과 비슷했다. 이럴 줄 알았다니깐, 신입사원을 시킬 일도 없는 지방 공장에 뭐 하러 내려보냈겠어?

그도 아니라면, 워크숍에서 만난 재욱이 인사팀에

힘써준 덕분이겠지. 그러므로 회사를 떠난 동기들에게 미안할 이유는 없었다. 그들에게 피해를 준 것도, 자리를 빼앗은 것도 아니지 않은가. 그저 아주 잠시 마음속으로 감사를 표하고, 그들의 미래를 축복해주면 그만이었다.

마음에 새길 건 오직 두 가지였다. 하나는 지레 겁먹고 도망친 못난 동기들이 이루지 못한 일을 보란 듯해내는 거고, 다른 하나는 미심쩍으나 기회를 준 것으로 짐작하는 재욱과 인사팀에게 나란 사람을 증명하는 거였다.

그렇게 믿으며 오래, 할 수 있는 한 아주 오랫동안 인내심을 갖고 그 자리에서 나아갈 때를 기다리며 버텼다.

*

자포자기의 상태에서 재욱의 손가락이 섹시하다고 느꼈다면 내가 미친년인가, 한참 모자란 사람인가. 그 감정이 수치심인지, 당혹스러움인지 혹은 설렘이나 희망인지 분간이 안 갔다.

카페에서 노트북을 앞에 두고 인상을 쓰고 있는데 재욱이 다가와 알은체했다. 그 순간, 상황이 참 기막

혀 곤혹스러웠다. 경영관리팀에서 갑자기 떨어진 지난해 실적 분석 요청 때문에 신경성 위염으로 낑낑대다가 회사에서 겨우 벗어났는데, 출장 간 재욱을 회사와 떨어진 카페에서 왜 만난 건지. 숨을 만한 거대한 쥐구멍이 있다면 몸이라도 구겨 들어가고 싶은 심정이었다. 적어도 그 순간 재욱과 눈만 마주치지 않았다면, 그가 나를 봤다고 우겨도 나는 거기에 없었다고, 몸이 안 좋아서 퇴근했는데 무슨 소리냐고 발뺌했을 것이다. 하지만 카페 안쪽 좌석이 모두 차서 출입문 앞에 자리 잡은 나와 출입문을 밀고 들어오는 그가 서로 무시할 방법은 없었다. 그도 아마 나를 만나는 게 반갑지 않았으나 피할 수 없어 다가왔을 것이다.

재욱은 사무실에서 들은 소리가 없는지 내가 조퇴한 걸 모르는 눈치였다. 그는 마치 회사 조회 시간에 회장의 연설이 지겨워 몰래 빠져나가다 총무팀 담당자에게 걸린 것처럼 민망해하며 웃었다.

"그, 피곤해서요. 종일 바빠서 커피 한 잔도 못 했거든요. 근데 윤 대리는 이 시간에 왜 여기에? 입은 걸 보면 휴가는 아닌 거 같은데, 내가 요새 깜빡깜빡해서 윤 대리가 외근인지 기억에 없네요."

재욱에게 내가 왜 여기에 있는지 솔직히 말할 것인가, 고민되었다. 다른 팀 팀장이라면 적당히 둘러대면 그만일 것이다. 그가 누구든 다른 팀 대리에게 관심 없을 거라 내 말이 사실인지 캐묻지 않을 거고, 말한다 해도 나눈 대화를 금세 잊어버릴 테니까. 하지만 지금 내 앞에 있는 사람은 우리 팀 팀장이었다. 잘못 보고했다간 팀장이 자리에 없는데 근태가 형편없다고 평가할 수 있고, 그나마 잘 지냈던 팀 내 상하 관계까지 망가질 수 있었다. 신뢰를 잃지 않으면서 나를 비난하지 않고, 이해시킬 방법이 필요했다. 달아날 데가 없는 우리에 갇혔는데 철조망을 넘지도 못해 옴짝달싹할 수 없어 웅크린 꼴이었다. 잔뜩 주눅이 들어 작아진 목소리로 대꾸했다.

"휴가는 아니고요."

종일 마신 커피가 속에서 올라와 입이 썼고, 상황이 어이없어 무슨 말을 해야 할지 아무것도 떠오르지 않았다. 먹은 것 없이 종일 카페인만 넘치게 마셔서 당장 기절이라도 할 것처럼 울렁거렸다. 재욱은 내게 더 묻지 않고 자리에서 일어났다. 그는 잠시 뒤 루꼴라 샌드위치와 티라미수 케이크, 에스프레소를 주문해 들고 와 테이블에 내려놓았다.

"집에 가봤자 사람이 있어야죠. 이혼은 대차게 했는데, 돌아가서 같이 밥 먹을 사람이 없는 게……. 아, 내 말은 밥 차릴 사람이 없다는 게 아니라 같이 밥 먹을 사람이 없다는 말이에요. 요즘 이런 말 잘못하면 큰일 나는데 괜한 말을 했네요. 혼자 밥 먹는 게 기분 좋은 건 아니라는 말을 길게 했어요."

그가 이혼했었나? 개인사라 관심은 없지만, 당황한 건 사실이었다. 모르는 사실에 놀란 게 아니라 건조한 말투가 그가 한 말과 도무지 어울리지 않아서였다. 그저 전날 회식에서 먹은 안주가 마음에 안 들었다고 툴툴대는 투, 그보다는 무엇을 먹었는지 기억도 안 날 만큼 형편없었다는 물기라곤 전혀 느껴지지 않는 말투였다. 재욱은 빈 접시에 케이크와 샌드위치를 덜어 포크와 함께 내 앞으로 밀었다. 그가 한 말에 대꾸할 말이 떠오르지 않아 아무 말도 하지 않고 케이크에 포크를 갖다 대었다. 케이크는 생각했던 것보다 달콤해서 혀에 닿는 순간 전기가 오는 것처럼 몸이 찌릿했다. 종일 먹은 게 시원찮아 갑작스러운 당분에 육체가 경련을 일으키는지 모른다. 커피를 마시는 척 잔을 들었지만, 이미 비운 잔에는 커피 한 방울도 없어 억지로 침을 삼켰다.

"실은 저, 조퇴했어요. 일이 안 풀려서 그랬는지 만성 위염이 도지는 바람에요."

감정은 싣지 않으려고 했으나 내가 애쓰는 걸 재욱이 눈치챌까 봐 그를 똑바로 보지 않았다. 그가 집요하게 물으면 할 말이 없었다. 재욱은 눈이 동그래지더니 걱정스러운 얼굴로 물었다.

"근데 왜 안 들어가고요?"

"택시를 탔는데 나아진 것도 같고, 일을 못 끝낸 게 마음에 걸려서요. 집에 가면 일하기 어렵잖아요. 그렇다고 회사로 돌아가기에는 배가 또 어쩔지 모르고, 팀원들이 자꾸 물어볼 것도 같고요."

재욱은 이해하는 건지, 그저 내가 하는 말에 적당한 반응을 보이는 건지 알 수 없는 표정으로 고개를 끄덕였다.

"오늘까지 지난해 실적을 분석해서 경영관리팀에 넘겨야 하는데 그것도 못 했고……. 입사하고 내내 간단한 통계만 다뤘더니 연간 실적을 만지는 건 무리였나봐요."

때로 정직은 용기로 비칠 때가 있지만, 그것이 항상 정답은 아니라고 생각한다. 그럴 필요가 없을 때는 나서지 않는 게, 내 약한 모습을 들춰 나중에 후회할 일을 만들지 않는 게 현명하다고 믿으니까. 어쩌면 정직이란 개념은 허상 속에서 존재해 무턱대고 내뱉는 솔직함은 자신감이 아니라 책임을 회피하는 것일 수도 있다. 대안 없이 나를 고스란히 드러내는 건 사는 데 짐일 뿐이고 능력 부족을 드러내 발목을 붙잡혀 궁지로 몰리면 안 된다고 판단했다. 그렇다면 나는 지금 무덤을 파고 그 안으로 깊숙이 들어가는 중인가. 지금이라도 문제를 실토하고 해결해야 상황이 더 나빠지는 것을 막을 수 있을까. 그런데 젠장, 물을 이미 엎질러 방금 뱉은 말도 수습해야 할 판이었다.

"잠깐만 노트북 빌릴 수 있어요? 인트라넷에 접속해야 하는데, 스마트폰으로는 VPN*을 연결하기 힘들어서요. 딱 10분만, 실례할게요."

상황이 구석으로 몰렸으나 손을 모아 공손하게 노트북을 가리키는 모습과 진지하게 나를 응시하는 재욱을 보니 거절할 수 없어 '쓰시라면서' 노트북을 그의 앞으로 돌려놓았다. 프로그램을 종료하기 전이라 화면 하단에 실적자료를 내려놓은 채였다. 재욱은 10분 넘게, 어쩌면 30분 가까이 노트북을 사용했다. 조퇴한 나를 찾을지 몰라 핸드폰을 꺼둬 시간이 얼마나 흘렀는지 확인할 수 없었다. 재욱이 자판을 두드리는 소리를 들으며 시간이 얼른 지나가길, 아니 일할 시간이 필요하니 더디게 흐르길 바랐다.

한참 시간이 흐른 뒤 재욱이 노트북을 돌려주었다. 화면에는 아래 내려두었던 엑셀 파일이 전체 화면으

---

* Virtual Private Network: 인트라넷을 확장한 네트워크

로 펼쳐져 있었다. 나는 화면을 보자 당황해 도와주셔서 감사하다는 말도 못 하고 달아오른 뺨을 두 손으로 서둘러 감췄다.

"미안해서 어쩌죠? 이거 몇 년 전에 내가 수정한 자료인데. 그땐 승진 직전이라 잘해 보려는 욕심에 엑셀 곳곳에 함수를 심었거든요. 그 뒤로 담당자들이 자료를 정리하느라 애먹는다고 들었어요. 이럴 때 보면요. 직원들이 참 게으르다고 해야 하나, 어떤 일이 생겨도 무디다고 해야 하나. 누구라도 자료 좀 보기 편하게 고치지. 일단 오류가 난 부분은 대강 고쳤어요. 그런데도 에러가 뜨면 입력에 문제가 있는 거니깐 찬찬히 살펴봐요. 여러 사람이 만져서 자료가 꼬였는데, 그걸 혼자 푸느라 고생했겠어요. 그래도 심각한 에러는 잡았으니까 만지기 쉬울 거예요. 그건 그렇고, 목이 안 돌아가서 죽겠네요. 출장 며칠 동안 잠도 못 자고 몸을 굴렸더니 한계가 왔나. 눈이 감겨서 누워 있기라도 해야겠어요."

재욱은 내가 하는 말은 듣지도 않고 핸드폰을 들어 시간을 확인하고는 택시 앱을 곧장 켰다. 그러곤 피곤해 죽겠다는 표정으로 하품을 늘어지게 한 다음 앱을 들여다봤다. 무척 바쁜 모양새였다. 그는 핸드폰에서 알림이 울리자 가방을 챙겨 일어섰다. 순식간에 벌어진 일이었다. 나는 놀라 자리에서 엉거주춤 일어났다. 무언가 들켰다는 부끄러움과 그래도 제출할 자료는 해결했다는 마음 깊이 우러나는 안도, 재욱을 향한 초라한 고마움과 당혹감이 합쳐져 그대로 앉아 있을 수 없었다.

무작정 그를 따라서 카페 앞으로 나가 허리를 숙였다. 재욱은 그런 나를 잠시 쳐다보더니 택시가 도착했다고 외치며 도로를 가리켰다.

"여기에서 만난 건 우리끼리만 아는 비밀이에요. 사무실도 안 들어오고 땡땡이친 건 팀장이 할 짓이 아니잖아요. 대신 나도 윤 대리 조퇴하고 여기에 온 건 안 본 거예요."

나는 고맙다고 말하면서 고개를 다시 숙였다. 그러다가 이게 기회일지 모른다는, 어쩌면 그와 더욱 긴밀해질 수 있다는 생각이 문득 들어 목소리를 한 톤 높였다.

"팀장님, 나중에 제가 술 한잔 사겠습니다!"

재욱은 내 말을 듣기나 한 건지 건성으로 손을 흔들고는 핸드폰을 귀에 대고 자신이 있는 위치를 택시 기사에게 설명했다.

*

침대에 누운 내 모습을 상상했다. 희미한 조명을 머금은 머리칼은 빛과 음영을 담았고, 움직일 때마다 퍼지는 헤어 퍼퓸은 향을 은은하게 풍겨 기분을 들뜨게 했다. 새하얀 시트 위, 맨살에 사각사각 차갑게 닿는 고밀도의 순면 침구가 우리가 어디에 와 있는지 일깨워주었다. 진한 와인 향이 입안에 남아 쌉쌀하게 감돌았고, 멀리에서 클래식 음악이 아득히 들렸다. 재욱의 손길이 내 머릿결을 따라 부드럽게 지나갔다. 그는 머리를 한참 만지작거리더니 나를 뒤에서 끌어안았다.

"Sleeping Lotus, 그리스 신화에서 로터스는 사람을 황홀하게 만드는 상상의 열매로 묘사돼. 욥 베빙의 곡인데, 분위기가 딱 그런 몽환적인 느낌이 나지?"

그를 처음 만났을 때 바란 모습은 아니지만, 지금의 풍경이 대체로 마음에 들었다. 그가 우리 팀 팀장이긴 하나 결혼 중인 상태가 아니라 도덕적인 잣대로부터 자유롭고, 뇌물이나 몸을 대가로 그에게 청탁한 게 없어서 우리의 관계를 찝찝해하며 자책하지 않아도 되었다. 나는 수상한 남자들과 관계를 맺고 돈을 받아냈던 엄마와는 차원이 달랐다.

도리어 재욱이 이혼했다는 사실이 우리의 관계에서 내가 위축할 필요가 없게 느껴져 나쁘지만은 않다. 연봉이 높고, 경제적으로 기반이 잡혀 그의 재정 상태를 고려할 필요가 없다는 사실도 그와 친밀한 관계가 된 이유 중 하나였다. 저만 하면 어딜 데려가도 인물이 빠지지 않고, 두뇌는 모두가 인정하는 엘리트라서 말이 안 통하는 놈들보다 훨씬 낫지 싶다. 가끔은 개인주의를 넘어 이기적으로도 보이기도 하지만, 질척거리지 않는 성격과 벌인 일이 많아 내가 감추고 있는 것은 관심 가질 겨를이 없는, 지나치게 무심해서 때로는 아쉬운 건조한 성격마저 불만이 없다. 딱 신경 써줬으면 하는 정도의 관심을 보이며 내가 고민하는 업무에 명쾌하게 답을 내주는 모습을 보면 판단이 틀리지 않음에 애정이 샘솟았고 그를 선택한 내 안목이 자랑스러웠다.

다만 지금 우리 모습을 누군가에게 걸려 그들의 모자란 상상력을 부추겨 귀찮은 추문에 시달리지 않도록 조심하고 있다.

"근데 신입 때는 왜 본사로 올라오려고 했어?"

무미한 그의 성격이 대부분 편하지만, 때로는 속을 가늠할 수 없고 현실을 무시하는 말을 해 진심이 무엇인지 아리송할 때가 있다. 바로 이런 질문을 던질 때였다.

"팀장님도 참. 입 아프게 그런 걸 왜 물어요? 근무하고 싶은 부서가 본사에 있기도 했고, 공장에서 제가 할 일이 그닥 없잖아요."

"그런가? 실무 전반을 훑기에는 공장이 할 것이 많아서 더 나을지도 모르는데…. 전부터 말하려다 자꾸 까먹어서 못 했는데, 넌 왜 말끝마다 팀장님 팀장님, 하면서 존대해? 우리 사이에 거리감 느껴지게."

왜라니, 언제 정리될지 모르는 사이인데 열두 살 많은 직장 상사에게, 그것도 본부장을 노리는 상사에게 말을 놓는 대리가 상식은 아니잖아. 우리의 관계가 들통났다가 그와 내가, 정확히 말해 내가 맞을 결말은? 어쩌면 나란 사람은 아무것도 아니라는 생각이 들게 하는 그의 무심함을 이용하는 편이 나을지도 모르겠다. 나는 속엣말을 누르며 몸을 돌려 재욱의 어깨에 한쪽 팔을 두르고, 다른 손으로는 엉덩이를 가볍게 두드렸다.

"말단 직원이 본부장이 되실 분께 반말하면 사람들이 어떻게 보겠어요? 와, 저넌 팀장한테 격의 없이 말도 놓고 진짜 사랑스럽다, 아니 털털하다 그럴까요? 지금처럼 후끈한 행동이라도 툭 튀어나오면?"

나는 재욱에게 얼굴을 바짝 붙이고 아주 재미있어지지 않겠느냐고, 그걸 원하냐며 그의 페니스를 움켜쥐었다. 재욱은 그런 나를 보고 미간을 찌푸리더니 내

이마를 밀어내고는 머리에 손을 얹었다. 그는 머리를 쓰다듬다가 머리칼 사이로 손가락을 깊숙이 꽂았다. 남의 머리를 쓰다듬는 데, 정확히 말해 머리칼 속에 손가락을 넣어 넘기기를 지독히 좋아하는 사람이었다. 머리를 쓸어 넘기는 것에 무슨 페티쉬라도 있는지. 가끔은 머리칼을 헤집고 싶어 사람을 만나나 의심스러울 정도였다. 하찮은 그의 습관 때문에 머릿결을 관리하는 것이 번거로웠다. 습관도 그렇지만, 자질구레한 그의 일정과 버릇을 기억하는 것도 슬슬 염증이 났다. 회사에서 상사가 아니거나 적어도 속내가 가늠되는 사람이라면 그만 귀찮게 하라며 면박이라도 줄 텐데, 아무리 편해도 그는 어느 틈에 차갑게 변할지 몰라 농담할 때마저 긴장해야 했다. 대부분 그렇지 않지만, 그는 돌연 말을 바꿀 때가 있었다. 어쨌거나 상사였다. 나는 이 또한 업무의 연장이라고 생각하며 마음을 다잡았다. 아직은 그의 존재가 필요한데 작은 실수로 관계를 망가뜨릴 수 없다.

재욱의 핸드폰이 요란하게 울렸다. 재욱은 내 머리칼에서 드디어 손을 빼내고 자세를 바로 했다. 그러곤 발신자를 보더니 목소리를 작게 했다.

"사장은 꼭 이럴 때만 연락하더라. 숨소리도 내지 말고 가만있어."

내가 정의한 우리는 주고받은 게 분명한 공생의 관계였다. 나는 그가 회사에서 잘 느끼지 못하는 동료애를 나누어 주고, 그가 하기에는 껄끄러운 잡무를 대신 처리했다. 반면 재욱은 제 능력을 내게 빌려주는, 짧게 말하면 '기브 앤 테이크'가 명확한 사이였다. 아쉬우나마 우리의 관계는 그런 식으로 굴러갔는데, 몇 가지 문제로 고민에 빠질 때가 있었다.

은은히 풍기는 향수와 헤어 퍼퓸, 로고가 드러나지 않아도 명품을 즐기는 사람이라면 알아채는 의류와 가방, 신발, 고상한 취향을 보여주는 작은 액세서리 등. 그는 우리의 관계를 드러내고 싶지 않다면서도 내가 자신의 기준에 맞지 않게 입고 출근하거나 데이트에 나오면 불만을 대놓고 표했다. 나를 훑어보며 신용카드나 상품권을 내주는 식으로 내가 한 것이 마뜩잖다고 눈치를 주었다. 솔직히 그가 내준 것으로는 그 기준을 맞추기 어려워 월급을 털어야 할 때가 많았다. 앞으로 올라갈 일을 기대하면 사소한 문제라 기분이 상할 필요가 없었다. 나는 만년 대리였다. 쓸데없는 데에 신경 써야 해서 번거로웠고 더러는 내가 한 노력을 무시하는 것 같아 섭섭했다.

이따금 스스로 물을 때가 있다. 나는 재욱을 얼마나

알고 있으며 그는 나를 어떻게 생각할지. 40대 중반의 이혼남, 그는 나와 처음 관계를 맺을 때부터 자신은 결혼 생각이 없다고 단호하게 선을 그었다. 나도 그와 결혼을 원하지 않지만, 그가 그런 말을 할 때면 내가 그와 깊은 사이를 기대했는지, 육체관계로 옭아매려고 했었는지 되짚어보게 된다. 재욱을 알고 지낸 시간이 오래되었고, 이따금 따로 만나고 있으나 재욱은 중요한 회사 업무나 개인사는 비밀에 부칠 때가 있어 나는 그가 어떤 사람인지 확신이 어렵다. 그가 나를 지지하길 바라지만 그렇다고 기회만 노리는 능력 없는 사람으로 여긴다면 정말이지 관두고 싶다. 내가 어디 모자라서 자신을 보조하는 줄 아나. 나는 다만 안정된 위치로, 누가 봐도 인정할 수 있는 높이로 오르고 싶을 따름이다. 꽁꽁 감추고 싶은 어릴 적 기억과 살아온 인생이 나를 붙들지 않길 바랐다. 그리고 그 꿈을 재욱이 도울 수 있다고 믿었다.

냉정히 말해 일이 바쁠 때는 재욱에게 시간을 내는 게 만만치 않았다. 마케팅, 영업 기획, 홍보, 회계, 다시 마케팅. 공장에서 근무한 것까지 포함하면 무려 여섯 개 부서를 돌았고, 적응할 만하면 다른 부서로 발령 나 초짜로 돌아가 일하곤 했다. 결과로 주 5일 근무 시간이 모자라 야근에 주말 근무까지 수당을 받지 않고, 누가 시키지 않아도 알아서 움직이는 신세였다. 노동법에 명시된 근로자의 의무와 권리, 근로자인 내게 중요한 문제이지만 세세하게 따질 여력이 없어 눈앞에서 내 걸 뺏지 않으면 무시하고 넘어갔다. 일에 능숙하고, 홍보와 마케팅 부서만 돌며 여러 사람을 거느린 재욱과는 시간적인 여유나 배경이 비교가 안 되는 상황이었다. 반면 재욱은 사장이 시킨 일이 취소되어 시간이 비거나 복잡한 업무가 안 풀려 머리를 식히고 싶을 때면 내 일정은 묻지도 않고 잠깐 보자며 불러냈다.

재욱을 만나는 초반, 어떻게든 그의 환심을 사야 한다는 생각에 부탁을 거절하지 않고 따르다 보니 우리의 관계는 어느 틈에 그렇게 자리 잡았다. 나는 재욱의 부동산 업무를 대신 처리하거나 알 수 없는 업체를 만나 서류를 건네고, 그곳에서 주는 봉투를 받아왔다. 무슨 말인지 알아듣지도 못하면서 '일전에 하던 대로'라고 말을 전달할 때도 있었다. 그 말에 황당해하며 나를 쳐다보던 사람들이 기억난다. 재욱은 여럿이 어울린 술자리에서 분위기를 띄우라며 나를 불러내 마이크를 쥐여준 적도 있었다. 나는 그때마다 나도 얻는 게 있을 테니 손해 보는 건 아니라고, 이건 미래를 위한 최소한 투자라고 믿었다. 모르는 사람이 하는 무시는, 그들을 다시 볼 일이 없고 앞으로도 영향을 주지 않을 거라 중요하지 않다면서 찝찝한 기분을 털어냈다. 그저 술잔을 기울이거나 해외 명품을 직구로 사며 평소에 하지 않는 소비로 화를 눌렀다. 명품 구매도 회사에서 무시당하지 않기 위한 것이니 악순환은 반복되었다. 눈치가 빠른 재욱은 내가 서운해하면 원하는 선물을 안겼다. 전세와 월세를 보조하고, 내게 줄 화장품이나 옷을 백화점에서 구매해 선물했다.

내가 재욱에게 느끼는 애정은 연인 사이에서 주고받는 평범한 감정이 아니라 나보다 우월한 상대를 향한 부러움과 질투, 그가 나를 끌어줄지 모른다는 기대와 그와 같은 사람과 어울려 일한다는 자부심이었다. 거기에 그가 외로워 보일 때 느끼는 연민과 동료애가 섞여 복잡했다. 그래서 우리의 관계를 사랑이나 좋아한다는 말로 단순히 정의하기 어려웠다. 그렇게 말하면 내가 가진 감정이 지나치게 순수해져 아름다워 보이니까. 아름답게 포장하면 적당히 넘어갈 수 있으나 끝내 내가 다다르고 싶은 곳의 방향이 헷갈려서 최종 목적지만 생각했다. 어쨌든 그런 생각도 사람에 대한 애정이 있어야 가능하고, 느끼는 거라서 사랑의 한 부분이라고 말해도 틀리지는 않을 것이다. 넓은 의미로 사랑, 그가 내게 느끼는 감정도 그와 비슷하다고 믿고 싶었다.

그런데 요즘, 다른 생각이 부쩍 고개를 든다. 수년 동안 회사의 같은 자리에서 중요하지 않은 일을 맡으며 능력과 지위가 아닌 눈치와 연차만 늘어가고 있었다. 그 시간 동안 나는 무엇이 나아졌고, 무엇을 이루었을까. 노력해도 재욱에게 얻을 게 과연 있기나 할까. 이런 식으로 그를 계속 만나면 내가 회사에서 오를 자리가 어떻게 되며, 사람들이 나를 보는 시선이 나아질까. 이건 공생이 아닌 그저 직장 내 흔한 상하 관계라서 그가 내게 필요한 사람이었는지 하는 의문이 움터 꺼지지 않았다. 그와 관계를 지속했으나 진짜 도움이 된 게 없다는 사실이 자라나 자괴감이 늘고 있었다. 일이 년, 더 길다면 삼사 년만 버티면 나아질 거라고 여러 해 믿고 살아왔는데 그게 맞는지 자꾸 의구심이 들었다.

재욱은 오늘도 핑계조차 대지 않고, 약속 장소에 모습을 드러내지 않았다. 나는 통화 대기음을 세 번 연속해 듣다가 아무렇지 않게 종료 버튼을 눌렀다. 더 나아가려면 불필요한 기분은 빨리 접는 게 낫다. 그는 다만 일이 바쁜 거고, 얼마 지나면 나아질 것이라고, 지금껏 해온 대로 그렇게 믿으며, 대신 이번 주에 급히 처리할 일을 떠올렸다. 할 일의 가짓수가 많고, 만나야 할 사람도 많았다. 잡생각은 끼어들 자리가 없었다.

재욱이 더욱 잘되게 하고, 그래서 내가 나아지는 것. 그건 누구도 아닌 내가 할 일이었고 누구보다 잘할 수 있는 거였다.

2024
도망자

초음파기기 헤드가 살갗을 스칠 때마다 차갑고 미끈한 감촉에 온몸이 오싹했다. 묘한 기분이다. 해마다 찾는 곳이라 보이는 광경은 익숙한데, 마음은 무엇을 잘못해 들키기라도 할 것처럼 생경하고 불안했다. 사방이 막힌 어두운 밀실이라서 그럴지 모르고, 이따금 옷을 벗는 상황이나 낯선 사람이 내 몸을 실험 재료처럼 들여다보다 함부로 만져서, 그도 아니라면 어떤 병이 발견될지 모른다는 막연한 걱정 때문인지도 모른다.

어처구니없어 웃음이 터졌다. 내가 언제 심각한 병에 걸릴까 봐 걱정하고 살았나. 환절기 기온 차로 인해 약을 먹으면 몽롱해지는 비염 외에는 특별히 걱정하는 병은 없다. 이따금 위염과 두통이 말썽일 때도 있으나 그건 말 그대로 '이따금'이고 며칠 약을 먹으면 그럭저럭 버틸 만했다. 그렇다면 이 한기는 검진 센터에만 오면 이는 특유의 긴장 때문에 생기는 증상일 텐데.

방사선사는 차분한 목소리로 검사를 설명하며 초음파 젤을 가슴 주변에 넓게 펴 발랐다. 그러곤 오른쪽 벽으로 돌아보라며 나를 옆으로 눕혔다. 그녀는 왼쪽 가슴 아래 갈비뼈 가장 윗부분에 초음파기기를 슬슬 문지르다 자세히 봐야 할 부위를 발견하면 힘을 주어 눌렀다. 자, 숨을 크게 쉬어 보세요. 이제 조금만 참으시고요. 방사선사는 초음파기기를 조금씩 이동하며 지시를 반복했다. 숨을 참고, 내쉬고. 다시 숨을 참고, 내쉬고. 브래지어를 벗은 상태라 움직일 때마다 가슴이 출렁거려 여간 신경 쓰이는 게 아니었다.

"가슴을 활짝 펴야 검사가 쉬워요. 어깨를 웅크려 초음파가 안 잡히면 시간이 오래 걸리거든요."

친절하지만 딱딱한 설명을 듣는데 한기가 더욱 들었다. 이건 낯선 사람이 벗은 몸을 들여다봐서 부끄러운 게 아니었다. 성별이 같고, 방사선사로 일하는 사람 앞에서 굳이 불편할 이유는 없었다. 다만 온도가 낮아 체온 조절이 안 되어 검사가 편하지 않을 뿐이다. 검사실은 고가의 의료 장비 때문에 기계의 오작동을 막으려고 낮은 온도를 유지한다고 들었다. 그래도

그렇지, 멀쩡한 사람을 환자로 만들어서 내보내려고
이러나.

모로 누워 받는 검사가 끝나 다시 똑바로 누웠다.
손을 비벼 소름 돋은 팔을 문질렀다. 방사선사는 초음
파 젤을 더 펴 바른 뒤 심장 검사를 마치고, 바로 이어
갑상샘 검사를 했다. 나는 베개를 치우고 목을 뒤로
젖혔다.

"아직도 긴장하고 계시네요. 숨을 깊이 내쉬고 호흡
을 고르면서 자연스럽게 몸에 힘을 풀어보세요. 이제
정말 거의 끝나갑니다. 그래요, 잘하고 있어요. 그렇게
힘을 빼고……."

나는 방사선사의 말에 젖힌 목을 똑바로 들어 올렸
다. 몸이 굳어지면서 재욱의 목소리가 한층 가까이 들
려왔다.

"힘 좀 빼 봐. 그렇게 굳어 있으면 내가 들어갈 수 없
잖아."

투덜거리듯 중얼대는 말소리가 언젠가부터 아득하
게 멀어졌다. 늦은 밤, 억지로 남아서 하는 야근과 다
를 바 없었다. 재욱의 얼굴을 쳐다보는 척하며 천장
벽지에 시선을 고정했다. 어두운 조명에도 황금색 플
라워 패턴의 벽지가 눈에 선명히 박혔다. 재욱이 내 위

에서 몸을 움직일 때마다 만개한 꽃이 깊은 밤에 바람을 맞는 것처럼 벽지의 문양이 사방으로 물결쳤다. 등을 환하게 켰다면 벽지 패턴이 복잡해 시야가 어지러울 뻔했다.

"하기 싫어서 그래? 왜 가만히만 있는데?"

재욱은 불만을 담아 목소리를 내면서도 하체는 내게서 떨어뜨리지 않았다. 어둠 속에서 재욱을 물끄러미 올려다보았다. 재욱은 자신이 만든 그림자 때문에 내가 짓는 표정을 알아보기 어려울 테다.

"정 싫다면 그만하자. 그래도 그렇지, 어렵게 시간 빼서 나온 거 알면서……. 이럴 거면 차라리 오늘은 안 되겠다고 아까라도 말을 하지 그랬어."

재욱이 드디어 하체를 뒤로 떼어냈다. 숙변이 항문을 뚫고 시원하게 배출되는 기분, 똥이라고 생각하니 분위기와 어울리지 않게 웃음이 샜다. 하지만 크게 웃었다간 그가 말을 길게 할 것 같아 고개를 옆으로 돌리고 이불에 얼굴을 묻었다. 그의 기분을 맞추긴 싫지만, 그와 입씨름할 기력도 남지 않았다.

실망을 여실히 드러내는 재욱의 처진 어깨와 떨군 고개. 나는 그 모습에 앙다문 입을 열어 웃음을 터뜨렸다. 이딴 게 뭐라고, 재욱은 저다지도 기분이 상할까. 아무래도 오늘은 글렀다. 정신 차려 즐거운 척 연기하려고 해도 많이 지쳤다. 아무려나 상관없었다. 재욱의 기분이 상한다 한들 그래서 그가 나를 보고 싶지 않는다 한들 지금 내가 그에게 아쉬운 게 남아 있기나 한가. 그가 줄 것 같았으나 실현되지 않은 희망이 계속해서 흔들리고 있었다.

재욱은 몸을 빼내고 고개를 숙인 채로 길게 숨을 내쉬었다. 어쩌면 그는 나를 기다리고 있는지 모른다. 내가 다시 자신을 받아주기를, 연기라도 해서 적극적으로 이 시간을 즐겨주기를, 아니 진짜 이 시간을 같이 즐거워하기를.

유방 초음파실로 이동해 양쪽 가슴을 심장과 비슷하게 검사했다. 몸에 감도는 찬 기운은 여전했지만, 불편한 기분은 많이 가셨다. 이제는 차갑고 끈적한 젤이 몸에 미끄러져도 그렇게 기분이 상하지 않았다. 아무 일도 아닌데, 그것도 매년 하는 검사에 적응할 시간이 필요하다니. 무딘 기억력에 헛웃음이 났다. 검사 도중에 재욱과의 잠자리가 떠올랐으나 그것도 오래된 영화의 잔영처럼 흐릿했다. 긴장이 풀려 초음파기기를 가슴 위로 몇 바퀴 돌려도 눈꺼풀이 내려앉았다. 잠들기 싫어 눈을 반짝 떴지만, 피로에 속수무책이었다. 연이은 야근 때문에 지칠 대로 지친 상태였다. 어쩌면 회사에서 재욱과 덜 마무리한 얘기가 마음에 걸려 이도 저도 아닌 것에 열이 나는지도 모른다.

눈을 감자 재욱이 다시 보이고, 팀원들이 신나서 떠들고, 대학 동기들이 떼로 몰려들고……. 그리고, 한 무리의 그때 그 사람들!

"윤지홍 님, 일어나세요. 잠드신 건 아니죠? 다음 검사받으셔야죠."

식은땀을 흘리며 자리에 바로 앉았다. 검진복 앞섶이 벌어져 옷이 나풀거렸다. 꿈속의 많은 사람이 사라지고 눈에 한 사람이 들어찼다. 짧은 머리의 방사선사가 나를 가까이서 응시하고 있었다. 그녀는 몇 번을 불러도 내가 일어나지 않아 어쩔 수 없이 흔들어 깨웠다고 말했다. 그러곤 불편한 곳이 있는지 물으며 더욱 바짝 다가왔다. 병리사의 유니폼에 꽂힌 은색 동물 브로치, 반짝이는 그것에 눈길이 갔다. 빛이 반사되어 호랑이 같기도, 바다표범 같기도 한 금속제 장신구였다. 조명이 뒤에서 비쳐 병리사의 표정은 잘 보이지 않으나 브로치에 반사된 빛이 산란해 승훈이 꿈속의 사람처럼 몽롱하게 떠올랐다. 뭐해, 샐리? 하고 부르던 스무 살의 어리벙벙한 얼굴이. 살인 현장에서 입고 나왔던 동물이 프린트된 티셔츠! 아, 그럴 수도 있겠구나. 찜찜한 기분의 끝에 승훈이 자리 잡고 있었는지도 몰랐다. 크게 숨을 내쉬었다. 아무리 호흡을 골라도 감정이 추슬러지지 않았다.

몸에 바른 젤을 닦아내지도 않고, 서둘러 옷을 여미고 검진실 밖으로 뛰쳐나갔다. 다른 검사실로 옮겨 기계 안에 유방을 납작하게 눌러 엑스선을 투과하는 검사를 하고 마친 뒤에는 자궁 검진을 받으러 산부인과로 향했다. 산부인과에서는 승훈과 마주치지 않겠지. 그를 외면하려고 애썼으나 고개는 어느새 센터 곳곳을 열심히 둘러보고 있었다.

의사는 산부인과 의자를 조정해 누이고는 말했다.

"문진표를 보긴 했는데, 확인 차원에서 한 번 더 여쭐게요. 성 경험은 있으세요?"

"예."

"관계는 주기적으로 하시고요?"

나른하게 들릴 정도로 건조한 물음이었다. 결혼 여부를 묻던 몇 년 전과 비교하면 상당히 예의를 갖춘 질문이다. 그런데 그 별거 없는 질문이 생각을 멈추게 했다. 요즘 어떻게 살았는지 그것도 잘 살았는지, 기억을 더듬어야 하는 몹시 귀찮고 성가신 물음.

"한 달에 한두 번? 더 많을 때도 있고, 적을 때도 있고요."

"그러면 산부인과 검사를 하는 데 거부감은 덜 하시겠네요?"

나는 대답 대신 고개를 끄덕였다.

"자궁경부암 검사는 언제 받으셨어요? 백신 접종은 하셨죠?"

기억나지 않는 걸 보면 접종은 하지 않은 거 같다. 하긴 어릴 때 필수로 맞아야 할 백신에 관심 쏟아준 어른이 주변에 있기나 했나. 엄마마저 나에게 관심 두지 않았다. 자궁경부암 검사는 입사하고 매년 직장 건강검진을 받아서 기억은 없지만, 했을 가능성이 크다.

"알겠습니다. 이제, 기구 넣겠습니다. 조금 불편하실 거예요."

의사의 말과 달리 검사는 그다지 불편하지 않았다. 원하지 않는 관계를 맺는 요즘에 비하면, 재욱과 몸을 섞는데 몸이 반응하지 않아 질액을 발라야 했던 순간을 떠올리면 미끈한 점액을 바르고 넣은 질경은 그리 불편한 물건이 아니었다. 지금 내가 불편한 건 검진센터도, 몸으로 들어온 뭉뚝한 질경도 아니며 나를 바라보는 뚱한 표정의 의사도 아니었다.

"근종이 세 개 보이네요. 3센티 두 개, 7센티 하나. 작년에는 한 개였는데 늘어났어요. 크기를 봐선 걱정할 수준은 아니지만, 그래도 조직 검사로 확인하는 게 안

심되겠죠?"

다 끝났다는 생각에 상체를 들어 다리를 오므리려고 했다. 하지만 기구에 올려진 다리는 생각처럼 움직이지 않았다. 의사는 의향을 묻는 듯한 말과 달리 내 다리를 힘주어 잡고는 조직 검사 기구를 얼굴 가까이 올려 보여주었다. 건강검진도 귀찮은 판에 나를 위하는 척 조직 검사를 추천하는 의사가 성가셨다. 그렇다고 화내기에도 난감한 자세라 포기하고 몸에 기운을 뺐다.

사람 참 귀찮게 한다. 혹시 문제가 있으면 본인에게 책임을 덮어씌울까 봐 선수 치는 건가. 아니면 검진 센터에서 내려온 영업 할당량이라도 채워야 하나. 검진 필수 항목을 제외한 선택 검사나 시술은 개인적으로 부담해야 하는데 마치 무료 서비스인데 왜 안 하느냐는, 안 하면 손해라는 듯 걱정하는 투가 거슬렸다.

"정 내키지 않으면 다음에 하시겠어요? 그래도 사람 일 또 모르는 거잖아요."

조직 검사는 안 하겠다고 쏘아붙이려다 그만두었다. 한숨을 내쉬는 걸 보니 안 하겠다고 하면 이해한다면서 걱정을, 정확히 말하면 길어질 잔소리가 눈앞에 그려졌다. 아무리 날 위해서 추천한다고 해도 듣기 싫은 소음이라 시간 낭비였다.

그러다 충혈된 눈으로 나를 내려다보는 의사와 시선이 마주쳤다. 가만히 내쉬는 깊은숨. 어쩌면 내가 다른 때보다 날이 서 있어서 그의 말에 삐딱하게 반응하는지 모르겠다. 건강검진 센터에만 오면 생기는 불안감 때문일지도 모르는데……. 승훈이 번뜩 떠올랐다. 맞다, 이승훈. 그와 더 부딪히지 않으려면 얼른 상황을 정리하고 이곳에서 나가야 한다.

　"그럼, 빨리하세요."

　"다행히 근층 내 근종이라 위험한 부위는 아니에요. 3개월마다, 적어도 6개월마다 추적 검사를 하면 상태가 괜찮은지 체크할 수 있으실 거예요. 대부분 별문제 아니지만, 더 커지면 생리 불순에 생리통이나 아이를 갖는 데 고생하실지도 모르고요. 미리 예방하면 문제를 피할 수 있어요."

　"죄송한데요. 그냥 검사만 하시면 안 돼요?"

　나는 길어진 말을 끝내 참지 못하고 의자에 누운 채로 목소리를 높여 검사를 재촉했다.

　이곳에 오고 나서 생긴 습관처럼 사방을 두리번거렸다. 전날 금식을 하고, 밤새 잠을 이루지 못했음에도 정신은 점점 또렷해지고 있었다. 다행히 마주칠까 걱정하는 사람은 보이지 않았다. 하긴 남자인데 산부인과 앞에서 서성일 이유는 없겠지. 다시 한번 주위를 둘러보고는 영상의학 검사실로 향했다.

뇌 검사는 직장 건강검진 항목에 없어서 유일하게 내 돈을 들여 받는 검사이다. 두통으로 한동안 고생하다 삼 년 전에 동네 내과를 찾았다. 의사는 전문 병원에서 뇌 정밀 검사를 하라면서 MRI를 권유했다. 그렇게 검사를 하고 받은 진단이 '중등도 허혈성 소혈관 질환'이 의심. 그러나 의사는 MRI로는 정확한 병증 진단이 어렵다며 상급 대형 전문 병원에서 MRA 검사를 다시 하라고 권했다.

처음에는 겁이 났다. 회사에 들어오고 쓸데없는 고민이 많아져 결국에 뇌를 망가뜨렸구나. 가족력을 의심하려고 해도 물을 사람이 없었다. 생각만으로도 소름 끼치는 엄마와 얼굴도 모르는 아빠가 떠올랐으나 부모에 대한 궁금증은 금세 당장 해야 할 일로 바뀌었다. 시간은 고민과 원망을 때론 가볍게 한다. 당장 몸을 못 쓰는 상황이 아니고, 증상이 발현하기 전까지는 눈에 띄는 병이 아니라서 미리 걱정할 시간이 없었다. 닥친 일을 처리하는 데에 정신없어 벌어지지도 않은 일을 예상하고 앓을 처지가 아니었다.

MRI 검사를 하고 한 달이 지나서 MRA 검사, 그리고 일주일 뒤 병증 확인. 돈을 꽤 들였음에도 불구하고 두 가지 검사의 진단 결과는 다르지 않았다.

"30대 중반이면 이런 증상이 흔치 않은데, 뇌 상태가 거의 70대 초중반처럼 보여요. 정확한 결과는 머리를 열어봐야 알 수 있지만, 그걸 확인하려고 외과 수술을 하기엔 그렇잖아요? 매년 추적 검사를 하는 수밖에요."

"먹어야 할 약이나 주의사항은 없을까요?"

"혈압도 콜레스테롤 수치도 정상이라 딱히 드실 약은 없어요. 아스피린 정도? 근데 아스피린도 윤지홍 님께 처방하기에는 아직 이르고요. 위장 질환이나 천식 같은 부작용이 생길 수 있어서 얻을 것보다 잃는 게 많아요."

방사선사에게 자기공명 영상장치에 들어가기 전에 검사 중에 몸을 움직이지 않겠다는 약속을 재차 하고는 소음을 막는 이어플러그를 귀에 꽂고 귀를 완전히 덮는 헤드폰을 그 위에 썼다. 장치가 아직 작동하지 않았음에도 귀가 먹먹해지자 숨이 갑갑해 왔다. 공황장애나 폐소공포증이 있는 것도 아닌데 심장 박동이 빨라져 순간 숨이 멎을 것처럼 공포스러웠다. 알 수 없는 불안감이 몸을 꼼짝하지 못하게 압도하는 기분이었다. 숨을 깊이 들이쉬었다 내쉬며 생각을 분산했다. 마음을 가다듬고 헤드폰에서 흘러나오는 클래식 음악에 정신을 집중했다. 처음 하는 것도 아닌데, 겁먹을 필요는 없다. 더한 병이 발견된다 해도 잃을 게 없어서 그리 아쉽지 않았다.

눈이 자꾸 떠져 얼굴을 찡그리고 오만상을 찌푸렸다. 살해 현장의 어둠 속에서 승훈이 돌아보던 눈빛과 관계 중에 재욱이 나를 내려다보며 내쉰 뜨거운 숨, 의심이 가득 차 나를 쳐다보던 무수한 눈동자가 차례로 주변을 에워쌌다. 클래식 음악을 뚫고 들려오는 자기공명 장치가 돌아가는 둔중한 소리에 몸이 점점 굳어갔다.

2024
깊은 꿈

수면내시경을 할 때면 이상한 오기가 발동한다. 이번에는 약이 들어가고 3분은 정신을 잃지 않고 버티리라. 그게 불가능하다면 적어도 저들이 생각하는 만큼 쉽게 수면 속으로 빠져들지는 않으리라. 우스운 오기였다. 그런데 오늘은 그 사실을 알면서도 두 가지 각오를 한꺼번에 했다. 피해야 할 대상이 있으니 절대 깊이 잠들면 안 된다는 다짐과 귀찮고 피곤해서 얼른 잠들어 지금 상황이 모두 끝났으면 하는 바람.

간호사는 내시경 검사를 하기 전에 생년월일을 확인하고 오늘 먹은 약이 있는지 물었다. 그러곤 보호자가 같이 왔는지 확인한 다음 검사에 대해 간단히 설명하고, 검사 동의서를 받았다. 수면 상태가 깨지 않을 경우를 대비한 안내지만, 잘못될 경우도 있다고 하는 정중한 경고였다. 이어 간호사는 혈압을 재고, 수면유도제를 놓기 위해 왼팔을 고무밴드로 묶어 혈관을 찾았다. 주먹을 쥐었다 펴고, 다시 폈다가 쥐고. 그러나 간호사는 혈관을 찾지 못해 두어 차례 주사 놓기를 반복했다. 간호사는 검사자로서 안정감 있게 목소리를 내는 것과 달리 주사를 놓는 기술은 미숙한지 연이어 바늘을 잘못 꽂고 있었다. 손등을 세게 쳐 겨우 찾은 혈관에 주사를 찌르고, 바늘이 움직이지 않게 폭이 넓은 반창고로 고정했다. 모든 조치를 마친 뒤, 간호사가 준 가스 제거제를 한입에 털어서 넘겼다.

수면 내시경실 앞 대기실에 앉아 배정받은 번호가 안내 모니터에 뜨길 기다렸다. 네 개의 LCD 화면에는 각 검사실에서 현재 검사받는 사람과 대기자에게 개인별로 부여한 번호가 떠 있었다. 나는 2호실의 세 번째 대기자였는데, 2호실에는 네 명이 검사받는 중으로 나왔다. 다른 검사실도 한두 명 정도 차이가 있을 뿐 비슷한 양상이었다. 대기실에는 겨우 다섯 명밖에 없는데, 화면에 표출된 사람들은 모두 어디에서 기다리는지 아리송했다.

화면을 다시 들여다본 뒤 아는 얼굴이 있는지 주변을 찬찬히 둘러봤다. 앞이나 뒤, 옆으로는 승훈이 보이지 않았다. 벌써 30분 넘게, 우리는 같은 공간에서 마주치지 않았다. 어쩌면 내가 MRI 검사와 산부인과를 다녀온 사이 그는 검진을 마치고 집으로 돌아갔는지 모른다. 제발 그랬으면 좋겠다고 불안한 마음에도 간절히 바랐다. 그러나 그가 아직 이곳에 있다면, 내가 얼른 검사를 마치고 이곳을 빠져나가는 게 최선일 것이다. 차라리 주사기를 제거하고 검진을 중단할까. 회사에 갑자기 일이 생겨 가 봐야 한다고 검진 센터에 말하면 내시경 검사만 다른 날로 미룰 수 있을 거다. 아니, 내가 고객인데 구질구질하게 핑계 댈 필요도 없겠지.

간호사가 잘못 찌른 손등이 점점 아렸고, 가스 제거제를 마셨음에도 메스꺼운 트림이 올라와 내부에 차곡차곡 쌓이는 기분이었다. 넋 놓고 있을 수 없었다. 대기 의자에서 벌떡 일어섰다. 그리고 주사가 꽂힌 곳을 다른 사람과 부딪치지 않으려고 한 손으로 반창고를 가리며 안내 직원의 앞에 섰다. 내가 성큼 다가서자 직원은 필요한 게 있느냐고 물었다. 그의 뒤로 보이는 대기화면에 2호실 대기자 세 명의 번호와 함께 입장하라는 메시지가 표출되고 있었다. 나는 멀뚱히 쳐다보는 직원에게 아무것도 아니라고 고개를 내둘렀다. 오늘의 마지막 검사, 이것만 마치면 모두 끝난다. 내시경실에 있어 승훈과 마주치지는 않을 테고, 마주치지 않는다면 그와의 인연도 더는 닿지 않을 것이다.

간호사는 내시경 관을 몸 안에 집어넣기 전에 불편할지 모른다며 목구멍에 스프레이형 마취제를 뿌렸다. 그런 다음 태아 자세로 몸을 틀어 누우라고 한 뒤에 구강 보호대를 입에 물렸다. 바깥에서 안내 직원에게 들었으나 간호사는 검사 준비를 하면서 주의사항을 다시 일러주었다. 짧게 요약하면 별문제 없을 거니 긴장하지 말고, 수면 상태가 풀려 불편하면 즉시 도움을 요청하라는 당부였다. 나는 구강 보호대를 문 채 높임말도 반말도 아닌 웅얼거리는 대답을 했다.

의사가 말했다.

"이제 약이 들어갑니다. 안심하고, 편히 주무세요."

내 안으로 차가운 기운이 빠르게 퍼졌다. 숨을 깊이 들이마시고, 속으로 열을 세기 전에 차갑고 낯선 감각이 얼굴 전체에 느껴지더니 의식의 불이 꺼졌다.

"사랑해. 사랑해, 사랑해……."

흐리멍덩한 정신처럼 알 수 없는 말을 중얼거렸다. 몸을 틀자 눈에 맺힌 눈물이 뺨으로 미끄러졌고, 언제 씌웠는지 모를 마스크에는 안으로 침이 고여 눈물과 같이 흘러내렸다.

무의식중에 한 고백. 도무지 나와 어울리지 않은 말

이 정신이 맑지 않은 중에 불현듯 튀어나왔다. 사랑해? 누구를? 그게 아니면 누군가가 나를? 의식 없이 뱉은 말이라고 해도 지금의 나와는 어울리지 않는 소리였다. 설마 내가 재욱을? 그럴 리 없고, 앞으로도 절대 그럴 일은 없을 것이다. 그에게 더 시간을 뺏기고 살 수는 없다. 아무리 머리를 굴려도 마땅히 생각나는 건 없었고, 심장 박동만 거세지고 있었다.

　얼마나 시간이 흐른 걸까. 내가 정신을 놓고 주절댄 소리만큼 검사에 대한 기억도 흐리멍덩했다. 검사는 10여 분 진행했을 테고, 회복실로 옮겨져 2~30분 누워 있었을 거라 한 시간은 안 지났을 것 같았다. 핸드폰과 시계는 검사 전에 간호사가 수거했고, 침대 사방으로 커튼이 내려져 벽시계가 보이지 않아 시간을 확인하기 어려웠다. 어서 일어나야 한다는 생각이 스쳤지만, 수면유도제가 몸에 돌고 있어서인지 뭘 해야겠다는 의지가 생기지 않았다.

　좀 더 기다리면 간호사나 도와줄 직원이 나를 일으키러 올 것이다. 마스크를 완전히 빼내 침을 털어내고 검진복 소매로 입을 대강 훔쳤다. 침대에 똑바로 누워 눈을 감았다. 어차피 이 상태로는 일어나도 어지러워 제대로 걷기 힘들 거였다. 승훈을 마주친다면 걸음이 꼬이거나 입이 덜 풀려 흐트러진 모습을 보일지도 모른다. 누군가가 나를 깨울 때까지 심호흡하면서 누워 있다가 몸과 정신이 온전히 돌아오면 그때 움직이는 게 훨씬 안전하다. 나는 몸을 늘어뜨리고 눈을 억지로 감았다.

내가 쏟은 건 눈물인가, 머리에서 흘러내리는 피인가. 손에 닿은 액체가 끈적해 털어냈으나 아무리 흔들고 닦아도 없어지지 않는다. 고통스럽다. 더 맞으면 죽을지 몰라 상대에게 무릎을 꿇고, 머리를 양팔로 가린 뒤 엎드린다. 몸을 웅크려 뱉은 뜨거운 숨이 다시 내 안으로 파고든다. 머리를 가려 봤자 아무 소용도 없을 테지만 누군지 모를 이가 두려워 팔을 거둘 수 없다. 내가 뱉은 숨은 타인의 숨처럼 얼굴에 차갑게 닿아 철저한 고통이 된다.

남자는 목소리가 더욱 서늘해져 말한다. 내가 너, 나대지 말랬지! 그러곤 그가 둔기를 든 팔을 위로 올리는 순간 어떤 사람이 나타나 남자를 막아선다. 어디서 본 듯한 실루엣이다. 누가 되었든 구해줄 사람이 있어서 천만다행이다. 희망이 다시 힘차게 꿈틀댄다. 나는 아직 살아 있고, 방금 나타난 사람이 나를 죽게 내버려두지는 않을 것이다. 그런데 바로 이어 나를 구할 거라고 믿던 사람이 위협하던 남자의 둔기를 빼앗아 나를 후려친다.

나는 피가 고인 웅덩이에 그대로 엎어져 고개도 들지 못하고 허우적거린다.

"아니야. 그거, 내가 그런 게 아니었다고!"

비몽사몽 잠에 깨어나지 못해 어떤 사람도 알아듣기 힘든 고함을 반복해서 내질렀다. 무슨 일인지 모르지만 억울했다. 만약 간호사가 흔들어 깨우지 않았다면 어떤 말을 더했을지 모르겠다. 나는 뭐라고 간호사에게 화를 냈을까. 간호사는 눈물이 고여 올려다보는 나를 안타까운 미소를 지은 채 가만히 쳐다보았다.

흐르는 눈물을 소매로 훔치고 고개를 세차게 흔들었다. 간호사가 오해하는 것도 그렇지만 내가 제정신을 못 차려 허우적대는 꼴을 참아내기 어려웠다. 사정없이 고개를 내둘렀다. 고개를 내젓는 순간, 응축된 기억이 하나둘 떠오르더니 영화의 플래시백처럼 끊긴 장면들이 이어져 나를 에워싸고 돌아갔다. 나는 어쩌지 못해 다시 질끈 눈을 감았다.

사람들 틈에 섞여 내가 서 있는지, 영혼이 되어 허공을 떠돌며 나를 내려다보는지 알 수 없다. 흥분한 여자가 사람들 앞에서 소리 지르고, 성난 남자가 시끄러운 여자를 뒤에서 붙들어 말리고. 누군가는 울고, 누군가는 떠들다 미친 듯이 웃고, 두 손을 맞잡고 탄식을 터뜨리는 사람도 있다. 얼핏 보면 그들은 약에 취한 것처럼 보이나, 자세히 살피면 웃거나 울고 떠드는 와중에도 표정이 없다. 텅 비어 있는 스산함을 마주하는 기분이랄까.

묵직하게 무게가 느껴져 아래를 내려다본다. 나는 팔뚝 길이의 장도리를 쥐고 있다. 머리 면이 반질반질하게 닦여 어둠 속에서도 장도리가 날카롭게 번뜩인다. 그리고 끈끈한 액체가 그것을 타고 흐르고 있다. 시커먼 액체, 석유일까. 아니다. 어두워서 그렇지, 액체가 흐를 때 나는 냄새가 비릿해 짐승의 피일지 모르겠다. 겁먹고 주변을 다시 둘러본다. 그러고 보니 나는 외따로 떨어져 있다.

아닐 거야, 내가 왜 장도리를 휘둘러서 뭔가를, 그게 아무리 짐승이라 해도 죽였겠어? 아까보다 더 처절하게 외친다. 왜 나한테 이딴 걸 쥐여준 거야! 비겁한 새끼들. 어떤 놈인지 몰라도 나는 누군가에게 잡혀 뚫기 힘든 철창에 갇힌 것 같다. 멀리 사람들의 시선이 일제히 내게 꽂힌다. 네댓 명 혹은 일고여덟 명이 넘게? 실은 몇 명인지, 누구인지 잘 보이지 않는다. 두려움에 정신을 못 차리고 몸부림치고 있을 때 두 사람이 어둠을 뚫고 앞으로 다가온다. 그들이 가까워짐에 따라 사람들의 웅성거림도 커진다. 나는 나처럼 장도리를 든 남자와 그 뒤를 따르는 남자를 알아본다.

눈뜬 채로 정신을 잃은 상태에서 간호사가 깨워 악몽에서 가까스로 벗어났다. 간호사는 혼자 일어설 수 있겠느냐고 물었는데, 내가 고개를 힘겹게 끄덕이자 팔에 제 손을 둘렀다.

"괜찮아요. 수면유도제에서 깨어날 때 검진자들이 잠시 이러세요. 수면유도제가 남아 생긴 역설 반응 때문인데, 환각이 섞여서 어지러울 수 있어요. 그런 느낌이 좋아 수면내시경을 받으러 오는 사람도 있다는데……. 시간이 지나면 괜찮아지니까 너무 걱정하지 마시고요."

간호사가 두른 팔을 밀어내고 머리에 손을 가져갔다. 축축했다. 식은땀이 손바닥에 묻어나 끈적거렸다. 다행히, 그것은 피가 아니었다. 방금 눈앞에 나타난 게, 그저 환각이라는 사실에 안도의 숨이 절로 나왔다.

간호사에게 몸을 기대 자리에서 일어섰다. 하지만 다리에 힘이 풀려 침대에서 내려올 때 바닥에 그대로 넘어지고 말았다. 고개를 들자 희미한 풍경 속에서 장도리를 쥔 사람이 걱정스레 나를 내려다봤다. 아직도 꿈속인가? 설마 내가 죽어서 헛것을 보는 건 아니겠지? 아니, 그는 승훈이었다.

현실과 공상, 진실의 무대

칠흑 같은 어둠 속에서도 짐승의 눈알과 이빨은 기이하리만치 날카로운 빛을 발한다. 이빨(사람이니까 치아가 맞겠으나 여기에 모인 사람들을 인간으로 보는 게 맞을지)의 인 성분 때문에 지독한 어둠이 내려앉아도 누군가 입을 벌리면 그 안에서 밝은 빛이 났고, 제아무리 합을 맞춰도 하는 일이 결국에 범죄라서 사람들의 눈은 사방을 경계하느라 윤이 나는 왕구슬 몇 개가 허공에 떠다니는 것처럼 보였다.

이로써 네 번째, 모든 사람이 한자리에 모였다. 우리는 그 일을 위해 고작 네 번 만났다. '고작'이나 '겨우'란 부사가 이럴 때도 쓰이는지 모르겠다. 어쩌면 네 번'이나' 같은 조사가 붙거나 '놀랍게도' 혹은 '벌써' 정도의 부사가 네 번이라는 횟수와 같이 쓰는 게 마땅한지 몰랐다. 네 번이든, 백 번이든 정상적인 사람이라면 이런 만남이 아무렇지 않을 수는 없을 것이다.

지난 세 번의 모임으로 우리는 말하지 않아도 상대의 움직임을 보고 무엇을 하는지 파악할 수 있었고, 만날 때마다 행동이 조금씩 과감해졌다. 인원은 나를 포함해 처음 셋에서 배가 되어 여섯 명이 되었고, 일을 치르는 데 쓸 도구는 불필요하게 많은 품목에서 필수로 사용하는 것들로 단출하게 골라졌다.

한 손에 잘 쥐어지는 쇠가 묵직하게 박힌 장도리와 날을 번쩍이게 간 단도, 피해자가 소리 지를 경우를 대비한 입막음용 테이프, 성인을 싣고 내달려도 안정적으로 이동할 수 있는 들것. 거기에 사체를 싸맬 김장용 비닐봉투와 60킬로그램을 너끈히 담을 수 있는 두꺼운 황토 마대, 마대를 단단히 묶을 견고한 노끈까지. 손전등은 들것의 선두에 서는 사람이 등산용 헤드 랜턴을 머리에 착용하기로 했고, 가장 끝에 따를 주자가 스틱 모형의 핸드 랜턴을 더 들기로 했다. 어두운 계열의 옷과 신발을 착용하고, 지문이 남지 않게 목장갑을 끼며 쓰레기를 담을 가방과 혹여 튈 혈흔을 닦을 헝겊과 개인용품은 최소한으로 각자 준비했다. 사체를 파묻을 삽은 누가 가져오느냐를 두고 한참 설전을 벌였으나 저수지에 사체를 수장하는 것으로 결정한 뒤로 더 이상의 증거는 만들지 않기로 하고 언쟁을 그만두었다.

김은성, 그녀가 왜 범행 대상이 되었는지 왜 우리 아버지가 사람들 틈에 끼어 범행을 저지르려고 했는지 처음에는 알지 못했다. 나중에 그들에게 설명을 들었을 때조차 공포에 질려 그들의 계획을 온전히 받아들이지 못했다.

한마디로 요약하면 김은성은 외지인이었다. 경기도 수원이라든가, 안양이라든가 사람들이 그녀를 두고 하는 말을 자주 들었음에도 나는 아직도 그녀가 어디에서 왔는지 출신지가 헷갈린다. 다만 경계심이라고, 우리 아버지와 이웃을 둘러싼 익숙한 환경을 김은성이라는 외지인이 무너뜨리려고 해서 사람들이 불같이 일어서는 거라고 단순하게 정의했었다. 우리의 평온한 성에 함부로 들어오지 말라며 두꺼운 외벽을 세운다고 생각했다. 변화에 민감한, 그보다는 안전한 일상이 깨질까 봐 두려워하는 농촌 사람들이라 그 경계가 허물어지는 걸 내버려두지 않는 거라고, 그녀에게 본때만 확실히 보일 거라고 예상했다. 그러나 개개의 분노는 무리가 되면서 더욱 견고해졌고, 구설이라는 폭설에 굴러 크기가 점점 거대해졌다.

잘 모르겠다. 김은성이 겨냥한 것이, 그녀가 건드린

것이 우리 지역의 사람들 그러니까 힘없는 개인이 아니라 지역의 개발 가능성과 그렇게 해서 만들어지는 엄청난 수익이었는지. 혹은 허접한 가정이지만, 김은성이 자신의 안정된 삶을 위해 세상에 거친 패를 던졌는지도 모를 일이고.

김은성은 아이 진학 문제로 이사를 할까 고민에 빠진 황 집사에게 서울의 한 부동산을 소개해 집을 팔게도 왔고, 그 맞은편에 살던 신혼부부가 다른 지역으로 발령 났다는 소식에 그쪽 사람을 수소문해 집을 계약하고 이사하게 연결해주었다. 그 뒤로도 여덟 가구의 집과 토지를 외부인과 거래하게 길을 터줬다. 처음 세 가구가 계약할 때 이포면의 사람들은 김은성을 잘 알지도 못하면서 서울 사람이라(김은성은 자신을 서울에서 왔다고 말한 적이 없다) 발이 넓어 우리를 돕는다고 고마워했다. 부동산 중개 수수료도 거의 받지 않고 계약하는 걸 보며 부러워하는 사람도 있었다. 그렇게 열 번째, 스무 번째, 마흔세 번째 가구 계약 성사. 그들은 논과 밭을 기존 매매가보다 두 배 높은 가격에 팔았다고 기뻐했다. 소문을 접한 사람들은 계약자를 부러워하기도 했고, 시기하기도 했다. 어쨌거나 그때까지만 해도 계약이 거듭되고, 외지인들이 이따금 동네를 둘러보며 사진을 찍고 조사를 해도 김은성을 티 나게 의심하거나 증오하는 사람은 없었다.

그러던 어느 날, 한 케이블 방송의 부동산 뉴스에서 마을과 인접해 고속도로가 난다는 소식이 전해졌다. 뉴스거리가 워낙 없는 시골이라 소문이 빠르게 퍼졌으나 개발 소식은 이내 '카더라' 뉴스로 치부돼 그전에도 비슷한 소문은 있었지만 추진된 적은 없었다고 관심을 잃었다. 하지만 그러고 보름 뒤, 군수가 군내 소식지와 군청 홈페이지를 통해 최근 군청이 추진한 실적을 대대적으로 홍보하면서 분위기가 급변했다.

서울 대전 간 이포면을 통과하는 고속도로 예비 타당성 최종 통과! 2025년 H 기업 동양권 최대 고급 리조트 지역 내 건설 확정!

아버지는 김은성이 소개한 투자자와 서른네 번째로 계약한 사람이었다. 그는 우리가 살던 집을 김은성을 통해 팔았고, 소작농을 들여 일구던 삼만 평의 밭과 산을 넘겼다. 아버지가 가진, 우리 가족 소유의 전 재산이었다.

아버지는 10대까지 인천에서 커오다가 20대 중반에 서울로 옮겨 전자제품 대리점에서 일하며 가정을 꾸렸고, 30대 중반에 이포면으로 이사해 서울의 일터를 오가며 생활했다. 20여 년 넘게 지내다 보니 원래 이곳 출신이 아님에도 다들 이포면 사람으로 생각했다. 본인도 헷갈리는지 고향인 전주에서 보낸 유년 시절을 이곳의 추억인 양 떠들곤 했다. 기억을 부풀려 전주에 꽤 큰 산이 있고, 서울에 소유한 빌딩이 두 채 된다며 사실이 아닌 것을 실제 있는 일처럼 말했다. 글쎄, 어릴 때를 되짚어보면 우리가 부유하다고 떠드는 아버지를 믿지 않는 게 내 잘못은 아니었다. 브랜드 옷과 신발을 걸치긴 했으나 새 물건이 없었고, 우리 가족이 집에서 먹는 음식을 떠올리면 과연 우리가 부자였을까 하는 의구심이 들었다.

진짜 부자의 검소와 우리 집의 절약은 비슷한 듯하나 선택의 여지가 없었다는 점에서 매우 달랐다. 품질이 떨어지는 정부미를 먹는다거나 먼 지역의 밭에서 헐값에 사 온 감자와 고구마를 섞어 밥을 짓고, 전기세와 난방비를 절약하려고 가족 모두 한 방에 모여 생활했으며, 볼일은 되도록 등교하거나 외출할 때 밖에서 보라고 했다. 아버지는 새벽마다 5리터 약수통을 들려주며 물을 받아오라고 시켰다. 궁상의 극치, 밖에서 으스대는 걸 생각하면 아무도 믿지 않을 얘기였다.

집에 돌아오다 만난 동네 어른이 아직 어린데 무거운 약수통을 들어서 쓰겠느냐고 걱정하면 나는 녹음기를 튼 것처럼 대답했다.

"좋은 물 마시면 건강에 좋잖아요."

우리가 사는 형편이 들통날까 봐 집에 사람을 들이
는 일은 극히 드물었다. 휴지를 덜 쓰고 세제를 줄이
는 것은 기본이지만, 몸에 악취가 나면 안 되니까 향
이 강한 섬유유연제를 썼다. 그런 이유로 나는 서너
살 어릴 때부터 부모가 눈앞에서 몸을 씻는 걸 봐왔
고, 향에 민감해 성인이 되어서도 섬유유연제에 옷을
오래 담그지 않으면 세탁을 덜 했다는 생각에 찝찝해
져 반찬 국물을 옷에 흘리거나 기름때 같은 오염을 일
부러 묻혀 와 빨래할 수밖에 없는 상황을 만들었다.
섬유유연제 비용을 생각하면 절약이라고 결코 말할
수 없는 미련한 전략이었다.

어쨌든 아버지의 근검절약과 돈에 관한 빠른 셈 덕
분에 우리 집의 살림이 날이 갈수록 나아진 건 사실이
었다. 아버지는 서울에서 전자제품 대리점을 운영하
고, 이포에서 농사를 지으며 바쁜 삶을 이어갔다. 나
는 아버지를 보며 사는 게 만만찮다는 사실을 어려서
부터 깨닫고 궂은일이 생기면 엎어질 것이 아니라 냉
큼 일어나 해결해야 한다는 사실을 배웠다. 인생에서
어느 것 하나 쉽게 얻어지는 게 아니란 것을 마음에
깊이 아로새겼다.

어머니는 내가 열 살이 되던 해, 편지 한 장 남기지 않고 집을 떠났다. 어느 아침 늦게 깨어 어머니를 불렀으나 아무 대답이 없었다. 나는 아직도 그녀가 왜 사라졌는지 영문을 모른다. 실은 짐작은 가지만, 굳이 들춰내어 초라해지고 싶지 않다. 당시 아버지는 어머니가 공부하기 위해 영국으로 떠났다고 사람들에게 둘러댔다. 집에서는 죽일 년, 죽이고 싶은 년, 정신 나간 년, 어디 나가 벼락 맞고 뒈질 년 같은 저주를 퍼붓다가 사람들 앞에 서면 놀랍게도 평온한 표정을 지었다.

"그 나이에 무슨 공부를요?"

그럼, 잠시 주춤하다가 "승훈이 엄마가 왕년에 문청, 아니 문학소녀였거든요. 여태 그 꿈을 못 버려서. 꿈이란 게 대체 뭔지, 원. 영국이 문학으로 워낙 유명하잖아요. 셰익스피어나 찰스 디킨스, 조지 오웰은 아시죠?"

"아아, 그 섹스……. 근데 승훈이 엄마가 영어를 잘하나 봐요. 아무리 그래도 나이 먹고 타지 생활은 힘들 건데. 게다가 승훈이 아빠도 아들놈 혼자 키우기가 벅차지 않겠어요?"

"영어야 집사람이 기깔나게 하죠. 이런 촌구석에서 잘난 체한다고 할까 봐 입도 뻥끗 안 하고 살았던 거지. 그리고 우리 승훈이요. 제 또래보다 똑똑해서 알아서 잘할 겁니다. 난요, 승훈이 걱정은 눈곱만큼도 안 해요."

그런 아버지가 김은성에게 털렸다. 남은 건 집과 토지를 예전 매매가보다 높게 쳐줬다는 돈이었다. 아버지는 그래도 두 배는 건졌다며 애써, 정말이지 애써 호탕하게 웃었다. 그러나 그 허세도 한 달이 채 못 가 끝났다. 이포의 토지가가 하루가 멀다고 상승하고, 기획 부동산이 사업에 개입했다는 소문이 파다하게 퍼져 온 동네가 들썩였다. 아버지는 추가적인 보상이 없다는 사실에 점차 분노에 휩싸였다. 아버지를 다독일 어머니도 집에 없어 아버지는 화를 아예 다스리지 못했다. 우리 집을 거덜 낸 투기꾼은 용역 깡패들을 보내 두 달 안으로 집을 비우라며 아버지를 흉기로 위협했다.

사람들이 모이기 시작했다. 김은성이 토지 거래비용의 수수료를 크게 받았다는 소문으로 시끄러워지자 사람들이 본격적으로 움직였다. 집과 토지를 판 사람을 중심으로 그들과 관계한 가까운 친척이나 친구까지. 멀리 이사를 해 떠난 사람들도 알음알음 소식을 접하고 같이하고 싶다며 연락해 왔다.

토지를 기존 매매가보다 높게 받고 팔았다고 하나,

다른 지역에서 같은 조건의 집과 땅을 그 돈으로 구하기는 어려웠다. 기획 부동산은 소문이 무성했지만, 실체를 아는 사람이 없어서 분노의 방향은 자동으로 브로커로 알려진 김은성에게 향했다. 사람들은 엄청난 돈을 자신들에게 사기 쳐서 뜯어내고 그 돈을 빼돌리려 한다는 김은성을 1차 목표 대상으로 삼고, 그녀와 같이 일을 공모한 무리도 찾으려 했다. 혐오는 보이는 실체가 필요한 것이다. 우리는 같이 일할 인원을 추리고, 할 일의 윤곽을 잡아갔다. 공개적으로 목소리를 내지 않아 얼마나 많은 사람이 뜻을 모았는지 정확한 인원은 파악할 수 없었다.

세 번의 모임 끝에 여섯 명의 정예 군단이 꾸려졌다. 남자 넷, 여자 둘. 아버지는 그 남자 네 명 중 한 사람이었고, 나는 아버지를 돕긴 했으나 정예 군단에는 포함되지 못했다. 내가 주축이 된 것은 우리 집에 몰려온 용역 깡패들에 의해 아버지가 살해당한 뒤였다.

그 고목의 마른 가지가 흔들리지 않았다면 숲에 숨어든 지홍을 눈치채지 못했을 것이다. 오백 년이라든가, 육백 년이 더 되었다든가. 죽음의 기운이 깊숙이 내렸으나 경제적으로 살려낼 가치가 있는 늙은 소나무는 깊은 숲속에 있음에도 군에서 조경사를 두어 돌보는 것이었는데 하필이면 지홍이 그 나무 뒤에 숨어 있었다.

시야가 아무리 어두워도 내가 그녀를 알아보지 못하기란 어려웠다. 항상 하나로 질끈 동여맨 포니테일 헤어, 커다란 박스형 티셔츠에 통이 넓은 청바지와 제 발보다 한참 큰 워커. 한동안 관심을 두던 대상이라, 그것도 끔찍하게 좋아했던 사람이라 먼 거리임에도 두리번거리며 우리를 살피는 모습은 금방 눈에 들어왔다. 나는 지홍과 눈이라도 마주칠까 봐 얼른 고개를 숙이고 몸을 뒤로 돌렸다. 이유가 뭐가 됐든 네가 왜, 네가 왜 지금 거기에 숨어 있느냔 말이지! 내가 얼굴을 감춘 것과는 달리 지홍은 고개를 빼내고 우리의 모습을 대범하게 건너다보았다. 대체 언제부터 우리를 훔쳐본 걸까. 며칠 전 학과 모임에서 맥주를 마실 때만 해도 아무런 낌새도 보이지 않았는데 말이야.

"야, 정신 안 차릴래? 들것 안 잡고 한가하게 뭐 하는 건데! 놀러 왔어?"

들것을 들라는 채영 형의 성화에 자리로 돌아와 손잡이를 얼른 쥐었다. 나도 모르게 몸이 파르르 떨렸다. 그녀가 제발 사람들에게, 특히 채영 형에게 걸리지 않았으면 하는 바람과 지금껏 우리를 지켜본 그녀를 내버려두어선 안 된다는 두려움이 머릿속에서 충돌했다. 이성으로는 지워낸 지 한참 됐으면서 그래도 지홍이 붙잡히면 안 된다고 걱정하는 꼴이 한심했다. 사실 오늘 죽인 사람이 없었고, 살해 연습은 늙은 흑염소와 마네킹으로 한 거라서 그렇게 겁먹을 일이 아니었다.

"근데 뒤에 누가 있는 거 같지 않아? 저거, 우리 사람은 아니지?"

채영 형을 비롯해 들것을 들고 있는 사람들은 각자 배정된 번호를 순번에 맞춰 말했다. 1부터 4까지, 나는 마지막 번호 5를 말하고 이상 끝이라며 모두 그 자리에 있음을 알렸다. 잠깐 정적이 흘렀다. 멤버들과 현장이 발각될 가능성을 농담처럼 떠들긴 했으나 실제 그런 일을 맞닥뜨릴 줄은 상상하지 못했다. 그녀가 결국 들켰다는 사실에 머리가 주뼛 섰다. 이젠 어쩐다지? 들것을 든 손에 힘이 풀렸고, 다리가 뻣뻣해져 몸이 휘청거렸다. 오늘 아무 짓도 하지 않았는데, 하고 생각했으면서도 채영 형이 당장 끝낸다! 하고 외치자 정신이 번뜩 났다. 지홍에게 실상이 들켜서는, 그게 누구라도 지금 우리가 벌인 일을 알면 안 되었다. 나는 생각을 정리하기 전에 내가 처리하겠다고 외치고는 장도리를 들고 달릴 자세를 취했다. 마음이 급했다.

불필요한 살인은 막아야 한다. 살인이 더 이상 문제를 해결할 열쇠가 되어선 안 되었다. 나는 한때 좋은 감정을 품었던 사람에게 할 수 있는, 내키지 않지만 지금 할 수 있는 최선을 다하려 어둠을 향해 빠르게 뛰었다.

유약한 사냥꾼과 영리한 토끼

고요한 밤, 거룩한 밤. 어둠에 묻힌 밤.

마음속으로 흐르는 캐럴을 아무도 듣지 않게 속으로 따라 불렀다. 참 신기한 노래다. 분명히 크리스마스 캐럴인데, 부를 때마다 가슴이 묵직해지는. 가사에 밤이 많이 나오긴 하나 노래를 부르면 실제로 어두운 밤에 길을 떠나는 순례자가 된 듯 성스러운 기분에 사로잡혀 마음이 숙연해졌다. 어쩌면 원곡이 캐럴이 아닌 찬송가라서 그런 분위기가 나는지도 모르겠다. 오늘은 딱 찬송가의 가사 같은 고요한 밤이었다.

지홍의 꽁지머리가 바람을 맞아 싸늘했다. 숨을 쌕쌕 쉬는 걸 보면 실신이 아닌 깊은 잠에 빠진 것 같았다. 다행이라고 해야 하나, 앞으로 어떻게 될지 모르니 꺼림칙하다고 해야 하나. 확실한 건 나는 그녀가 죽는 걸 원하지 않는다는 거였다. 혹시 몰라서 코끝에 손을 대고 손목을 짚어 맥박이 뛰는지 확인했다. 머리 칼 속에 손을 넣어 대강 훑었는데 피가 묻어나지 않았다. 어디 멍이 들었는지, 다른 다친 데가 있는지 어두 워서 확인할 수 없지만, 어쨌든 지홍은 아직 살아 있고 실신만 시키는 데 성공했다.

숨이 가쁜 채로 다가들자 지홍은 내가 누구인지 알아보지 못하고 화들짝 놀라 뒷걸음질을 쳤다. 살려주라거나 도와달라고 절박하게 소리 내지 않았다. 자신의 앞에 선 나를 누구인지 알아보지 못했으나 한동안 우리를 지켜봤으므로 자신을 구해줄 사람이 없다고 판단한 것 같다. 악을 써 봤자 상대의 화를 돋워 죽을 시간만 앞당길지 모른다고 생각했는지도.

지홍에게 뛰어가다 멈추고 채영 형에게 돌아갔다. 그러곤 아주 작은 목소리로, 아무도 알아들을 수 없게 톤을 낮추어 속삭였다.

"제가 알아서 하겠습니다. 형은 먼저 가서 일을 마무리하세요. 이러다가 다른 사람에게 들킬까 봐 걱정됩니다."

그 말까지 하고 채영 형을 바라보았다. 어둠을 응시하는 새하얀 눈알과 살짝 벌어진 입으로 보이는 고른 치아. 숨소리가 잠잠한 게 그는 무리의 우두머리답게 돌발 상황에도 흥분하지 않았다. 채영 형은 내 어깨를 두드리고 뒤를 부탁한다며 고개를 끄덕였다. 나는 채영 형에게 장도리를 보이며 확실히 처리하겠다고 재차 말했다. 그사이 지홍은 어떤 시도도 하지 않고 서 있었다. 여기에서 도망쳐 봤자 자신에게 좋을 게 없다는 사실을 계산해 다음을 생각하는 듯했다. 그간 지켜봤듯 상황이 어려울수록 강해지는 사람이었다. 나는 콧잔등까지 마스크를 올려 얼굴을 더 가리고 지홍의 앞에 섰다.

채영 형과 무리가 어둠 속으로 완전히 사라지자 고개를 들어 지홍에게 다가서 자빠뜨렸다. 그러곤 지홍의 무릎을 꿇린 후 일어나지 못하게 어깨를 눌렀다. 강압적인 힘에 지홍은 반항하지 않고, 유순한 포로가 되었다. 몸은 웅크렸지만 이런 상황에도 떨지 않고 쳐다보는 눈길이 놀라웠다. 지홍에게 나라고 밝히고 정체를 드러내야 하나. 아니면 채영 형에게 말했듯 아무도 모르게 처리해야 맞나. 그 어떤 선택도 딱히 마음에 들지 않았다.

마른 나뭇잎이 부서지는 소리가 귀를 자극했다. 몸을 웅크리고 고개를 숙였던 지홍이 드디어 움직이기 시작했다. 그녀는 한참 버둥댄 후 갈라지는 목소리를 냈다.

"저도 끼워주세요."

놀라 답을 빨리할 수 없었다. 어떤 상황인지, 우리가 모여 무슨 일을 하려는지 알고서 같이하자는 말을 하나. 그녀가 소리쳐 말한 건 내가 솔직하게 사실을 고백하거나 그녀를 조용히 없애는 것과는 다른, 전혀 고려하지 않은 제3의 답이었다. 지홍이 대범한 건 알지만, 실제와 흡사한 모의 범행을 보고도 그런 소리를 하다니 이해하기 어려웠다. 남의 일에 관심 없는, 오로지 자신만 아는 사람이지 않았나. 아니다. 아버지에게 같이 저질렀던 살인을 들먹이며 직장을 요구한 사람인데, 우리가 하는 일을 알고 있더라도 지금처럼 말할 수 있겠다 싶었다.

"아니면 저를 죽이든가요."

지홍을 죽이거나 우리가 하는 일에 지홍을 끼워주든가. 선택지는 두 가지로 좁혀졌고, 이젠 무엇을 택하든 나를 밝혀도 상관없었다. 지홍과 평생 비밀을 공유하든 지홍을 없애고 우리가 한 짓을 영원한 비밀로 세상에 지워버리든 결정해야 했다.

마스크를 벗었다. 그리고 눈을 가리게 내렸던 앞머리를 뒤로 쓸어 넘겼다. 지홍이 나를 슬쩍 쳐다보았다. 그러나 내가 자신이 아는 사람이라고는 알아보지 못했다.

"여기에서 만날 줄은 몰랐네, 샐리."

샐리? 하고 다시 불렀으나 지홍은 내가 누구인지 감을 잡지 못했다. 하긴 아무리 대범해도 시꺼먼 옷을 입고 장도리를 쥐고 있는 사람을, 게다가 아무도 없는 곳에서 만난 흉악범일지 모르는 사람을 자신이 아는 사람이라고 연결 짓기는 어려울 테지. 나는 장도리를 풀숲 가운데 멀리 던지고는 지홍을 내려다봤다.

긴 이야기를 시작했다. 사람들이 왜 숲에 모였는지, 모여서 무슨 일을 작당하고 누구를 해치려는지, 그래서 우리가 종국에 얻고 싶은 게 무엇인지까지도. 나를 밝히지 않았음에도 지홍은 말을 시작하고 얼마 지나지 않아 내가 누구인지 알아차렸다. 그리고 정체가 밝혀진 순간 전에 없던 경계심을 품었다. 지금 하려는 일에 대한 섬뜩함 때문인지 아니면 자신이 죽을지 모른다는 공포에 몸부림치는지 짐작할 수 없었다.

"그니깐 나도 끼워달라고. 뭐든 할 수 있어."

"너를? 너를 왜?"

"살고 싶으니까."

지홍은 그 말을 뱉고 자리에서 일어섰다. 한동안 꿇고 앉았던 다리가 저린 모양으로 서자마자 몸이 옆으로 밀렸다. 그녀는 다리를 약간 절며 풀숲을 한참 동안 헤집었다. 그러곤 장도리를 찾아내 그것을 제 머리에 가져다 댔다.

"지금, 뭐 하자는 거야?"

지홍이 하는 짓이 수상해 사납게 외쳤다. 그렇게라도 겁을 줘야 그녀가 하려는 짓을 관둘 것 같았다. 나와 같이 있었던 무리가 주변에 있다면 무슨 일이냐고 달려들 정도로 큰소리를 냈다.

"이걸로 내 머릴 치라고. 장도리 머리로 쳐서 죽이지는 말고, 여기 나무대로 적당히 때려."

"진짜 죽고 싶어서 환장했어?"

"말했잖아. 난 정말로 살고 싶다고!"

지홍을 물끄러미 쳐다보았다. 살고 싶다면서 장도리로 제 머리를 내리치라니, 연극 톤으로 과장되게 하는 말을 도통 이해할 수 없었다. 한동안의 대치 뒤에 지홍이 다시 입을 뗐다.

"할 게 많아서 죽을 시간도 안 나거든. 돈을 벌어야 살 수 있는 몸이잖아. 아무튼, 이대로 날 풀어주면 네가 의심받을 거 아니야? 그러니까 그 사람들한테 나를 없애려고 이것으로 내리쳤다고 해. 그런데 내가 달려들어서, 아니 증거 사진을 어디까지 빼돌렸는지 몰라서 끼워주는 게 낫겠다고 말이야. 그 말을 믿게 하려면 내 몸에 상처 하나는 크게 내는 게 맞겠지?"

대범함과 잔혹함, 어쩌면 구석에 몰린 쥐가 마지막으로 드러낸 어쭙잖은 이빨일지도 몰랐다. 구석에 몰려 발악하는 쥐는 겁을 잃은 듯 보이지만, 실은 죽는 게 두려워 잃을 것이 없는 마당에 혹시나 하는 변수를 두고 마지막 패를 던지는 것일 테다. 가만히 있다간 그대로 사라질 수 있으니 뭐라도 해보려고 발버둥치는 거였다. 오히려 죽도록 살고 싶어서 내보이는 강력한 의지의 표출일지도. 그도 아니라면 자신과 마주한 대상이 만만한 나라서 자존심을 더 꼿꼿이 세워 나를 자극해야 자신이 살 확률이 높아진다는 사실을 영리하게 간파했는지 몰랐다. 자존심이 상해서, 거꾸로 그런 것에 연연해하는 사람이 아니란 것을 보이고 싶을지 몰랐다. 샐리가 되어 사람들 앞에서 억지로 춤을 추었던 연극이, 그때의 명랑하고 당당했던 지홍이 불현듯 떠올랐다. 우리는 한편의 잔혹극을 찍는 것이다.

　그렇다고 해도 그녀가 보이는 행동을 이해하는 건 아니었다. 대체 날 보고 어쩌라는 건지. 어두워 지홍의 표정이 잘 보이지 않지만 대놓고 나를 무시하는 말투에 짜증이 앞섰고, 분노가 이는데도 장도리를 못 쥐는 우유부단한 스스로에게 화가 치밀었다.

　"뭐 해? 그거 빨리 안 들고. 다치는 건 난데, 왜 네가 쫄아서 벌벌 떨어? 설마 추워서 그러는 건 아니지?"

나는 지홍의 도발에 꿈쩍하지 않다가 언제까지 납작 엎어져서 살래? 없어 보이게, 하고 낸 소리에 더 못 참고 머리 위로 장도리를 올렸다. 나를 빤히 쳐다보는 지홍을 향해, 그것도 못 하는 등신이라고 계속해서 이죽거리는 입을 목표로. 그러나 사람을 죽일 수 있다는 사실에 몸이 얼어붙어 머리를 겨우 조준했다.

 5분도 안 되는 짧은 시간, 그러나 아주 길게 느껴졌던 지홍과의 승강이 끝에 지홍이 쓰러졌다. 지홍은 제 머리에 상처를 내라면서도 끝까지 나를 막아서며 저항했다. 행동과 말이 전혀 다른 슬랩스틱 코미디 같은 모습이었다.

 장도리가 지홍의 머리에 닿는 순간, 지홍이 짧은 비명을 지르는 찰나에 짧고도 긴 시간이 멈췄다. 장도리는 내 손에서 미끄러져 그녀의 옆으로 떨어졌다.

 시간이 한참 흐른 뒤 지홍을 흔들었다. 숨이 붙었는지 코에 손을 대보고 엎드려 지홍의 왼쪽 가슴에 귀를 붙여 심장이 뛰나 확인했다. 숨은 쉬었고, 심장도 뛰었다. 다행인 건가. 아니면 또 다른 혼란이 시작되는 건가. 아직 죽지 않은, 다만 기절한 걸로 보이는 지홍을 이제 어떻게 한다지? 쓰러진 지홍 앞에서 가슴이 미친 듯 뛰었다. 다시 장도리를 들어 불필요한 서사를 완전히 끝내는 게 나은 답이 되려나. 나는 지홍이 진정 살 길, 아니면 내 인생이 꼬이지 않게 지홍의 숨이 멈추길 그 어느 것을 바라고 있을까.

지홍의 머리칼 속에 손을 다시 집어넣었다. 숨은 끊기지 않았지만, 머리를 다쳐 죽어가는 중일지 몰랐다. 더듬어 보니 방금 내리친 부분으로 기억하는 머리의 앞부분, 그러니까 정수리를 기준으로 앞머리와 옆머리에 상처의 흔적이 없었다. 사람이, 더군다나 지홍이 살아 있다는 사실에 불편한 안도가 들었다. 그러다 피가 흐르지 않은 두부 외상은 뇌 안에서 피가 고일 가능성이 있어 더 위험하다는 말을 기억해냈다. 정수리 뒤쪽을 손으로 빠르게 훑었다. 피부에 감지되는 끈적한 느낌. 이건 설마 응고 중인 피?

숨이 목구멍에 걸려 뱉어지지 않았으나 그렇다고 겁에 질려 눈물이 나오지도 않았다. 도와줄 사람도 없는데 지홍을 들쳐업고 산길을 내달릴 자신이나 그런 마음도 생기지 않았다. 그녀의 죽음을 지켜봐야 한다는 생각도 들었지만, 내가 그녀를 만져 남았을 흔적을 어떻게 없앨까, 하는 우려로 헛구역질이 났다. 비릿한 피 냄새를 없앨 락스 같은 강력한 소독제가 필요했다. 내가 결국 할 수 있는 일은 두렵고 죽도록 하기 싫지만, 그녀를 이 세상에서 완전히 지우는 수밖에 없었다.

지홍의 앞에 쪼그려 앉아 어깨를 쓰다듬었다. 알고 지낸 몇 년 동안의 시간과 요 며칠 기억이 그다지 좋은 추억으로 남지 않았으나 사람을 보내는 데도 예의가 필요하다는 생각에 지홍의 어깨에 손을 얹고 주절거렸다.

"어쩌다 이렇게 돼버렸는지 모르겠다. 다시 안 만났으면 이보다는 나았을 텐데. 그래도 이게 최선일 거야. 내가 널 살려도 다른 사람들이 가만두진 않을 거니까 차라리 내가⋯⋯. 대신 금방 끝낼게."

금방이라고 말하면서도 선뜻 장도리를 쥘 수 없었다. 처음부터 그냥 세게 내리칠 걸 괜한 연민을 느꼈다는 후회가 들었다. 지난 일을 곱씹어 봤자, 시간이 지나면 지금이 또 지나간 일이 돼버려서 그녀를 깨끗이 마무리 짓지 않으면 후회할 일을 다시 만들 것이다. 그때 마른 잎이 부서지는 소리가 들렸다.

"살고 싶다고, 나 살아야 한댔잖아⋯⋯. 개새꺄."

지홍은 힘겹게 몸을 뒤척이며 팔을 뻗었다. 장도리를 내려놓고 지홍이 가까스로 든 팔을 잡았다. 그러자 지홍은 나를 힘주어 붙들고는 믿기 어려운 악력을 써서 자리에 앉으려고 했다.

"아직 멀쩡하다고. 어떻게 여기까지 왔는데, 이렇게

나가떨어지라고? 인간미도 더럽게 없는 새끼."

지홍은 붙들던 팔을 내리고 제 머리를 더듬었다. 아! 하는 비명에 그녀가 드디어 자신의 상처를 발견한 모양이라고 짐작했다. 지홍은 머리에서 팔을 내리고 느닷없이 내 상의에 손을 문질렀다. 나는 지홍이 부상당하거나 말거나 염두에 두지 않고 그녀의 손을 떼어내 힘껏 밀쳤다.

"미쳤어? 뭐 하는 짓이야!"

"뭐긴 뭐야? 증거 만드는 거지."

"무슨 증거? 증거가 왜 필요한데? 머리 맞더니 완전히 회까닥한 거야?"

"네가, 그래, 너희들이 날 죽이려고 했다는 증거라도 만들어야지. 이걸 무마하려면 너희들이 하는 일에 날 끼워주는 게 나을걸?"

"불에 태우면 아무런 증거도 안 남아! 넌 내가 아버지한테 부탁해 취직도 시켜줬고, 아무도 모르게 죽을 뻔했는데 다시 살렸고……. 이만하면 나도 할 만큼 하지 않았냐? 정말 양심이라곤 없는 거야?"

"장난해? 거기가 내가 가고 싶은 데였어? 진짜 웃겨서 말도 안 나온다. 그리고 날 살려줘? 죽이려고 했던 건 아니고? 기운 없으니까 허튼소리 그만하고 거기에 끼워주기나 해. 그 엄청난 걸 봤는데 돈이든 뭐든 요구할 만하잖아!"

"……."

"딱 한 번만 낄게. 그 뒤론 너도, 이 일도 기억에서 완전히 지울 거야. 설마, 내가 너희 작당을 오늘 처음 봤다고 착각하는 건 아니지? 기억하잖아. 너희 아버지가 한 짓도 내가 아직 생생히 기억하는 거."

지홍에게 증거가 있다면, 전부터 그녀가 증거를 가지고 있었다면 굳이 제 머리에 장도리를 들이댈 필요가 없었을 것이다. 지홍은 해석되지도, 자신이 해결하기도 어려운 일을 거침없이 뱉었다. 대체 내가 왜 자신을 도울 거라고 확신했을까. 이런 상황에도 자존심을 꼿꼿이 세우는 지홍이 기가 막혔으나 그녀가 한 소리가 마음에 걸려 그만하라고 대차게 화낼 수 없었다. 지홍이 다른 증거를 가지고 있을까 봐 함부로 하는 게 겁이 났다.

"그렇게 해서 우리한테 떨어지는 게 뭔데?"

"……공범이 많아져 서로가 비밀을 지키는 것? 사건에 관계된 사람들이 솔선해서 너희가 저지른 짓을 비밀로 잘 감추는 거겠지. 사람이 많아지면 들킬 위험은 크지만, 지킬 가치가 충분하니까 누가 시키지 않아도 다들 알아서 움직일 테고. 가치란 건 아마도 김은성이 빼돌린 돈일 테지. 그렇게 방어와 공격을 하고, 소문이 어디로도 퍼지지 않게 완전히 막아버리면 그렇게 바라던 보상이 눈앞에 딱! 너희가 원하는 게 그런 것 아니었어? 그러니까, 나도 끼워줘."

2024
아주 얇게 타오르는 가느다란 불꽃

 못사는 동네는 겨울이면 추위가 더욱 혹독하게 느껴진다. 오래된 주택이라 건물의 구조적인 문제로 단열이 안 되어 그렇기도 하고, 주택의 난방 시설이 부족해서 혹은 난방비가 비싸 절약하느라 연료를 충분히 때지 못해 건물이 냉기에 갇힐 수도 있었다.

 추위는 비단 건물 안에만 있는 게 아니다. 나는 건물 밖, 도로와 골목에서 그보다 더한 한기를 느끼곤 했다. 특히 폭설에 이어 강추위가 바로 이어지는 날이면 그야말로 세상은 꽁꽁 얼어붙는다. 좁고 구불구불한 골목은 빙판인 데다 비탈져 자전거나 오토바이가 다니기 힘들고, 이륜차보다 덩치가 큰 마을버스는 아예 운행을 중단하기도 한다. 제설작업을 하는 용역원과 환경미화원들은 안전상의 문제로 날이 개어 도로가 풀릴 때까지 모습을 보이지 않는다. 그 때문에 나는 추운 길바닥에서 몸을 웅크리며 종종걸음으로 추위와 부상의 위험으로부터 탈출해야 했다.

참 우습다. 안전 때문에 마을버스의 운행을 중단하고, 공무원은 출동을 안 하면서 이곳에 사는 시민의 안전은 안전 테두리 밖에 밀려나 있다. 나를 포함한 이곳에서 사는 사람들은 더 지켜야 할 것을 위해 내버려둬도 된다는 의미인지. 이건 마치 할리우드 블록버스터 영화에서 단 한 명의 미국인 주인공을 구하기 위해 다수가 희생할 수밖에 없는, 그러함에도 관객들은 그 한 명이 살아남기를 열렬히 응원하고 종국에 구조된 사람에게 감동해 마지않는 그런, 비이성적인 환장의 논리가 작용하는지 모르겠다. 10여 년 전, 전자제품 대리점 입사 시절과 비교해도 세상은 달라진 게 별로 없었다.

제설작업을 담당한 공무원과 마을버스 기사의 안전이 중요하지 않다는 소리는 아니다. 다만 그곳에 사는 사람들을 배제하고 안전을 말한다는 건 정말이지 헛소리에 가깝다는 것뿐이다. 눈이 많이 온다고 고급 리조트의 운영을 중단하고, 추위로 빙판이 된 도로 때문에 부유한 지역의 주민들이 옴짝달싹 못 하고 실내에 갇히는 경우는 드물 테니까. 도로에 눈이 녹는 열선을 깔아달라는 게 아니고, 오래된 건물을 다시 지어달라고 푸념하는 것도 아니다. 그저 사람과 장비를 보강하고 꼭 필요한 조치를 하면 그만이라는 뜻이다.

폭설과 한파가 이어진 날, 바쁜 출근을 하며 잰걸음으로 집에서 내려오던 길과 퇴근해 빨리 돌아가고 싶은 마음에도 빙판에 넘어질까 봐 속도를 내지 못했던 시간을 기억한다. 휴일이거나 집에 돌아가고 난 뒤에는 피치 못할 사정이 아니라면 외출은 가급적 하지 않았다. 얼음 길에 몇 번 뒹굴어 봤다면, 미끄러질까 봐 버둥대는데 붙들 데가 없어 균형을 못 잡고 그대로 엎어졌다면, 다친다 해도 돌봐줄 사람이 하나 없다면 누구라도 내 마음을 이해할 것이다.

그래서 나는 대출 금리가 낮은 은행을 소개해주고 월세를 보조받아 이사한 집에 만족해야 하며 그렇게 만든 재욱에게 고마워해야 한다고, 그래야 내가 선택한 삶에 후회하지 않는다고 당위성을 부여했다. 단순히 생각하자. 다만 눈이 녹아 더러워져도 금세 말끔히 치워진 도로와 빙판에 넘어지지 않아도 되는 안전한 일상에 정말이지 감사해야 하고, 전보 시즌마다 한직으로 밀릴까 봐 아등바등하지 않는 현실에 얼마나 기뻐해야 하는지 되새겨야 한다.

하지만 불행히, 생각은 마음먹은 대로 바뀌지 않았

다. 아직은 재욱에게 실낱같은 애정이 남아 다행이라고 여기지만 그게 정말 다행스러운 일인지와 그렇게 믿었던 마음이 점점 흐려지고 있었다. 이미 끊긴 애정을 잘라내기도 귀찮아서 방치하고 있던 건 아닐까.

우리 사이가 흔들린 시점이 정확히 언제부터인지 모르겠다. 그건 내 기억력이 좋지 않은 까닭도 있지만, 우리의 관계가 이렇다 할 뜨거움이 있던 적이 별로 없었기 때문이다.

타인을 만나 느끼는 초반의 열정, 몸과 처지에 대한 호기심은 불과 네댓 달 만에 익숙함으로 바뀌었다. 처음 네댓 달(심지어 기간이 얼마나 되는지도 명확하지 않다)은 일주일에 한 번 만났다. 서로 일정이 없을 때는 횟수가 그보다 늘 때도 있었다. 물론 재욱이 부탁을 하면 그 일은 시간을 내어 어떻게든 해냈다. 그러다 반년이 넘어가고 육체에 대한 욕구와 서로의 관심이 시들해질 무렵부터는 급한 업무가 아니라면 한 달에 한 차례 혹은 두 달에 한 차례, 그저 문자나 전화로 안부를 묻는 수준으로 만남이 줄었다. 회사에서 스치듯 마주치는 것만으로 얼굴을 마주하는 것은 충분해 아쉽지 않았다. 회사에서 처리할 일이 계속 늘어가 업무와 재욱이 사적으로 시키는 일 외에는 어떤 것에도 시간을 내기 힘들었다.

오래된 연인에 대한 노래를 듣고 공감해 눈물을 흘리거나 소원해진 사이를 들춰 서운해하고, 서로를 향한 고민에 차서 심각한 적은 없었다. 우리는 처음부터 관계가 어그러질까 봐 걱정하거나 앞으로 어떻게 해야겠다는 계획이 없었다. 나는 다만 그때 그 사람의 도움이 간절했고, 그건 그도 마찬가지라고 생각한다. 서로 뭘 어떻게 하자고 말한 적은 없으나 말하지 않아도 합의한 규칙 같은 거였다. 상대에게 부담되지 않을 것, 자신의 자리에 있다가 여유가 되면 시간을 내어 가까운 동료가 할 수 있는 친절을 보일 것. 우리는 그만큼 성숙한 사람이고, 알 만한 회사에 다니는 직장인이니까. 어쨌거나 그 안에는 우리가 긴밀한 사이라는 것을 확인할 육체관계도 포함되었다.

말끔한 도로와 며칠 눈이 내려 청명한 하늘을 번갈아 쳐다보았다. 이만하면 기분이 나아져야 하는데, 마음은 여전히 흙더미와 덜 녹은 눈이 섞여 지저분해진 뒷골목과 비슷했다.

오늘, 회사에 가는 게 맞을까. 재욱은 일주일 전부터 몇 번에 걸쳐 말했다.

"한동안 쉬지 말고 출근해. 아무 일도 없는 것처럼 심심해서 죽겠다는 듯 따분한 얼굴로. 내가 무슨 말을 하는지 알지?"

*

　회사에서 소문으로 떠돌던 불륜 커플은 우리가 아니었다. 소문이 처음 돌았을 때부터 우리는 어떤 의심도 받지 않았다. 그걸 다행이라고 안도해야 할지, 그럴 수밖에 없다고 조소하는 게 맞을지. 사랑은 재채기 같아서 숨길 수 없다는데 우린 숨을 필요가 없어서 숨지 않았다. 남들이 보기에도 하찮아서, 아니 어디서나 볼 수 있는 직장 내의 아주 흔한 상하 관계라서 관심은커녕 어떤 대화 주제에도 오르지 않았다.

　그러함에도 재욱은 눈에 띄지 않게, 보통 때와 다름없이 근무하고, 행동하라면서 나를 단속하려고 늦은 밤에 간혹 연락했다.

　"어차피 우리, 의심하는 사람 아무도 없어요."

　"조심해서 나쁠 건 없어. 너도 승진심사 기간이라 괜히 말이 나돌면 좋을 게 없잖아. 가만있어 봐. 나머진 내가 알아서 할 거니까."

　대꾸는 의미 없었다. 승진심사, 그는 그 단어가 내 치부라고 생각해서 뱉었을지 모르나 '만대예'인 나만큼 그것과 거리가 먼 사람이 회사에 어디 있다고 그런 말로 나를 이해시키려는지 알 수 없었다. 본부장 승진을 노리며 몸을 사리는 재욱이 할 소리는 더더욱 아니었다. 이따금 만나는 사람, 이따금 만나서 회사의 불만을 터뜨려도 소문이 돌지 않는 안전한 대나무 숲, 때론 시키는 일이 사소해서 아랫사람을 부리는 게 말이 날 수 있지만 설사 그게 들통나도 재욱의 탓이라고 책임을 돌리지 않을 믿음직한 부하 직원. 인정하기 싫지만, 재욱에게 나는 그 정도에 불과했고 따라서 자신이 내게 하는 행동과 말에 별로 개의치 않았다. 나는 어쩌면 추위에 불편을 느끼지 않아도 되는 따뜻한 일상을, 그렇게 되게끔 도와준 재욱에게 순수한 고마움을 느껴야 덜 괴로울지도 모른다.

가끔 의심되는 상황이 불편했다. 그럴 때마다 나는 내가 할 수 있는 것이 있을까 하며 재욱과의 만남을 돌아봤다. 목표에 거의 다다라 돌아보지 말자고 마음을 다잡았으나 내가 타고 싶은 버스가 진짜로 올 것인지, 버스가 온다면 목적지에 제대로 닿을지 조바심이 났다. 어떻게든 나를 둘러싼 환경을 좋게 이해하려고 애썼다. 그래야 그와 같이 계속하고, 일할 수 있을 테니까.

재욱은 아무 일이 없었다는 표정으로 팀원들에게

아침 인사를 건넸다. 회사 내 궂은 풍문으로 사무실 분위기가 좋지 않아 밝은 인상까지는 아니었지만, 주변 시선을 의식하는 사람이 아니라서 평소와 다를 바 없었다. 친절하지도 차갑지도 않은 음성에 감정이 묻어나지 않아 께름칙했다. 이런 상황에 평온함을 유지하는 그가 놀라웠다.

구조 조정에 대한 소문이 흉흉하게 돌던 터라 작은 문제에도 정리해고 대상으로 오를 수 있어 사내 불륜을 향한 관심은 여느 때 없이 뜨거웠다. 직원들은 누구냐를 두고 추리를 거듭했다. 그러다 직원 한 명이 감사실에 이틀 연속 불려 다니자 소문은 이내 사실이 되었다. 남자 직원은 재무팀 김 차장으로 확정, 그와 만나는 사람은 미궁. 김 차장과 친하게 지낸 사람들은 남녀를 막론하고 불륜 예상 리스트에 올랐고, 재욱이 말한 것처럼 근래 휴가를 다녀온 사람이 더욱 의심받았다. 다시 한번 회사에서 재욱의 직관력과 감히 넘볼 수 없는 상황 분석력에 감탄했다. 재욱은 며칠 동안 내게 가만있으라는 경고 말고는 팀장으로서 업무를 지시할 뿐 앞으로 벌어질 일은 걱정하지 않았다.

재욱은 통화를 하며 목소리를 작게 줄이고 톤을 낮추어 말했다. 하지만 한결 가벼워진 기운은 감추지 못했다. 입을 가리고 사무실을 바삐 돌아다니며 통화하는 모습에 팀원들은 일하는 척 그의 말에 귀를 기울였다. 나 또한 비슷했으나 그의 행동이 연출된 것임을 알고 있어 동요하지 않았다. 통화는 재욱의 파티션 안이나 사무실 밖에서 하는 게 편할 거고, 그래도 대화 내용이 걱정된다면 직원들이 나가 사무실이 빌 때 조용히 나누면 되었다.

"그러게, 조심 좀 하지 그랬어. 몇 년 전부터 이런 건으로 시끄러운 데가 어디 한두 곳이야? 까딱하다간 완전히 골로 갈 수 있다고. 알고 있어, 알았다고. 내가 인사팀하고 감사실이 어떻게 돌아가는지 알아볼게. 이거 알아보는 사람도 말이 나서 위험해지는 건 알지?"

재욱이 핸드폰을 들고 사무실을 나가자 문 과장 주변에 팀원들이 몰려들었다. 팀장이 불륜 당사자나 그와 친한 사람이랑 통화하는 모양이라며 문 과장에게 아는 게 있는지 물었다. 자칭 사내 탐사언론이라고 떠드는 문 과장은 소문이 돌고 있는 직원 말고는 자신도 아는 게 없다고 안타까워하며 고개를 저었다. 팀원들은 재무팀 김 차장을 입에 올리면서 상대방이 누구인지 궁금해했다. 걱정을 가장한 호기심, 악의가 없다고 믿으며 사람 좋은 척 포장한 동료애. 어떻게 표현해도, 무슨 말로 해도 형편없는 뒷담화였다. 저것을 딱한 동료에 대한 공감이나 인간애로 여기는 것 같아 소름 끼쳤다.

한참 만에 재욱이 사무실로 돌아왔다. 그는 덤덤한 표정을 지으며 자신의 파티션 안으로 들어갔고, 팀원들은 재욱에게 향했던 관심을 거두고 업무에 복귀했다. 토닥토닥 자판을 두드리는 소리와 전화기를 들어 협력 업체와 통화하는 목소리가 들렸다. 나는 펼쳐둔 문서로 시선을 돌렸다. 얼마 안 있어 보안 메일이 한 통 들어왔다.

친애하는 윤지홍 대리님께

문자에 왜 답이 없어? 융통성 없긴, 내가 문자까지 생까라고 한 소리는 아니었잖아.

아까 한 말은 들었지? 너 들으라고 일부러 주변을 빙빙 돌면서 통화했는데. 내가 우리 지홍이를 위해 이렇게 노력하고 산다.

그거 김 차장하고 그 팀에서 거래하는 세무법인 직원이란다. 김 차장은 소문이 파다해서 잘 알겠지만. 이런 일에 말려들면 정말 답도 없어서 내가 난처하게 됐어. 지저분한 일은 모른 체하는 게 깔끔한데, 김 차장이랑 얼마 전까지 같이 일하기도 했고, 하필이면 대학교 학과 직속 후배라서 다른 직원처럼 눈감기가 그래. 시킨 일도 많이 있고, 의리 때문에 알아봐 주는 시늉이라도 내야 하는데…….

어쨌든 회사에서 오해도 풀렸는데 저녁 같이하는 거 어때? 우리 요새 뜸했잖아. 간만에 해방 파티라도 해야지.

재욱의 늦은 단속이 짜증스러워 전화기는 밤마다 꺼두었다. 부재중 전화 서비스를 신청하지 않아 그가 연락했다는 사실도 몰랐다.

메일을 읽고 바로 지웠다. 재욱이 회사 전산팀에 요청하거나 외부 기술자를 고용해 이메일을 뒤지면 어쩌지, 하는 의심이 들었기 때문이다. 메일을 삭제해봤자 그것도 추적할 수 있지만 어떻게든 그와 내가 관계없다고 선을 긋고 싶었다.

지금 재욱은 무슨 생각을 하고 있을까. 아니, 그는 무엇이 오해였고, 무엇에서 해방되었다고 말하는 걸까. 내가 우려했던 상황에서 벗어났다는 의미로 말을 그렇게 한 걸까. 그러나 한편으로 소문의 주인공이 우리가 아니라는 사실에 덜컥한 가슴을 쓸어내렸다. 더불어 나와 재욱의 한계가 보여 우리가 처한 현실이 생살을 마구 쑤시는 것처럼 아려 터지는 신음을 감추기 힘들었다.

재욱과 10년 넘게 만났으나 이렇다며 말할 것이 없는 사이였다. 10년 넘게 만났음에도 불구하고 내 삶에 도움이 안 되었던 사람이기도 했다. 물론 재욱과 처음 인연이 닿았을 때를 떠올리면 지금의 관계는 기대 이상이다. 그의 힘을 빌려 본사로 발령 났고, 업무로 몇 차례 도움받았으며 전보 시기에는 내가 갈 자리를 여러 방면으로 알아봐 줬다. 몇 달 전에도 재욱이 속한 팀의 직원이 육아휴직으로 자리를 비우자 다른 팀이었던 나를 그 자리로 불러 다시 같이 근무하게 되었다. 그런데 그런 것에 고마워해야 할까. 사실 그건 가까운 직장 상사가 할 수 있는 대단치 않은 배려였고, 자리에 채울 사람이 필요한데 인기 없는 업무라 빼 올 사람이 여의치 않아 나를 끌어간 거라서 고마운 일이 아니었다.

재욱의 부탁으로 누구인지 모르는 사람에게 서류 봉투를 건네고, 물건을 배달했다. 알 수 없는 모임에 나가 이해할 수 없는 말을 전달한 적도 있었다. 재욱은 그 모든 일을 회사에서 비밀리에 추진하는 거라며 내가 이유를 묻거나 토를 다는 것을 허용하지 않았다. 나도 내가 주도한 게 아니라서 어쭙잖게 나섰다간 할 일만 늘어난다는 생각에 시킨 것은 했으나 그 이상은 관여하지 않았다. 일은 열심히 했지만 내 공이 되지 않았던 것과 괜히 나섰다가 빼앗긴 것이 떠올라 애써 관심을 끊었다.

재욱의 메일을 곱씹으며 하던 일을 계속했다. 내가 뭘 하고 있었는지 자괴감이 차올라 숨소리가 거칠게 났다. 그때 보안 메일이 한 통 더 들어왔다. 인사팀에서 온 것이었다.

윤지홍 대리님께

안녕하십니까. 인사팀 채규림 차장입니다. 급하게 진행하는 건이 있어서 메일로 먼저 알립니다.

현재 인사팀에서는 지방 근무 활성화를 위해 지역 공장에서 근무할 인재를 추천받고 있습니다. 지방 근무 경험이 없거나 1년 이하 지방 근무 경력이 있는 직원이 추천 대상이고요. 근무 예정지는 윤지홍 대리님이 전에 근무하셨던 제3공장과 또 다른 공장 제1공장입니다. 아시다시피 두 곳은 올 초 리모델링을 마쳐 최고의 근무 환경과 최신 설비를 갖추었습니다. 이에 마케팅 팀장님이 지난주에 윤 대리님을 지방 근무 전보 대상자로 추천하셨는데요.

'개인적인 추측'입니다만 현재 감사실에서는 문제

의 소지가 있는 협력 업체와의 계약을 조사 중인데, 대리님이 담당한 계약이 내부 제보로 대상에 올라 팀장님께서 각별하게 신경 쓰신 것 같습니다. 인사 세부 규정에 의거 특별 전보 시에는 확연한 회사 이미지 실추와 금전적인 손실이 발생하지 않는 한 감사는 유보되며, 그러함에도 어쩔 수 없이 내려지는 징계는 최소화하고 있습니다.

윤 대리님은 다른 지원 요건이 충족돼 이번 감사에 큰 문제가 없으면 특별 전보 대상자로 무난히 통과되리라 예상합니다. 그러니 감사 중인 계약에 대리님의 책임이 있는지 대비하시어 전보에 무리 없게 잘 소명하시길 바랍니다. 감사실의 전언에 따르면 제보가 상당히 구체적이라고 하니 계약 전반을 면밀하게 검토해 대응하시는 게 좋을 것으로 보입니다. 지방 근무 2년 이상 시에는 승진 가점을 받으며, 이번 전보는 회사에서 신경 쓰는 특별 케이스라 감사로 인하여 좋은 기회를 놓치고 향후 인사에 영향을 받지 않으실까 염려되어 미리 말씀합니다.

더불어 전보는 확정된 사안이 아니므로 인사팀에서 공식 발표하기 전에는 보안을 유지하시길 바랍니다. 실은 이런 조언도 인사 담당자로서 드릴 건 아니라서 무척 조심스럽습니다만 그간 대리님께서 승진을 위해 노력하신 부분을 눈감기 어려워 위험을 무릅쓰고 말씀드립니다.

환절기 건강에 유의하시고, 좋은 소식으로 다시 연락하겠습니다.

인사팀 내부 협력단 채규림 차장 드림

마우스를 쥐고 있는 손에 힘이 풀렸다. 숨을 어떻게 쉬고 있는지 신기할 따름이었다.

기대는 없다고 생각했다. 기대하면 실망도 크다고, 기대나 실망은 여유가 있는 사람이나 하는 거라고. 그래서 나는 그걸 바랄 여유가 없으니 적정선을 지켜야 한다고 믿었다. 회사에서, 특히 재욱에게는 사사로운 욕심을 부리면 독이 된다고, 큰 그림을 보자며 가까스로 마음을 비워내며 살았다. 그런데 그 다짐을 잊고 얼마간 재욱을 믿었던 모양이었다. 새삼 재욱이 체스의 장기를 두는 사람이라는 사실이 실감 났다. 재욱은 나 같은 직원, 그러니까 자신보다 한참 아래 직원을 어려운 판에 놓거나 끄집어낼 수 있는 사람이었다.

그는 남의 불행은 모른 척해야 깔끔하다고 말했다. 나도 그 말에 동의한다. 남이, 더군다나 회사 사람이 내가 될 수는 없을 테니까. 하지만 그 대상이 회사에서 두어 명도 안 되는 막역한 관계라면, 며칠 전까지 일을 도모했던 절친이라면 그래도 그의 사정을 쉽게 무시할 수 있을까.

하긴 지금 내가 김 차장을 걱정할 형편이 아니지. 재욱은 지금 나를 버리려 하고 있다. 재욱과 가까이 지내온 시간과 그간 재욱을 위해 공들였고, 포기한 것을 생각하면……. 나는 재욱이 알아서 하겠다는 얼마 전 연락이 무슨 뜻이었는지 알 것 같았다.

재욱은 다섯 달 전에 한 업체를 콕 집어 거기와 연간 계약을 맺으라고 구두로 내게 지시했고, 나는 그의 말을 따라 며칠 동안 서류를 꾸며 기안 문서를 올렸다. 계약 금액이 꽤 큰 건이라 법적인 내용을 검토하느라 시간이 걸렸지만, 재욱이 이따금 비슷한 일을 맡겼던 터라 별로 의심하지 않았다. 법적인 문제는 재욱이 소개한 변호사에게 전화로 조언받았다. 그때 이런 일이 터질지 예상했다면 녹음이라도 해뒀을 텐데……. 아니, 메일로 증거라도 남길걸. 공교롭게도 재욱은 기안 문서를 올리기 전에 해외로 한 달간 출장을 떠났다. 나는 업무 담당자였고, 최종 결재권자는 본부장이었으나 재욱은 출장으로 자리를 비워 문서의 결재선에는 재욱이 없었다. 계약에 대해 아는 사람은 나와 재욱, 본부장이었고, 계약 업체를 속속들이 꿰는 사람은 재욱이 유일했다. 나도 그렇지만 임기가 얼마 안 남은 본부장도 궁지에 몰린 상황이었다. 본부장이 비운 자리는 다른 사람이 곧 앉을 테고, 그 자리에는 재욱이 오를 가능성이 높았다. 회사에서 사업을 확장하는 중이고 더군다나 회장이 사업에 공을 들이고 있어 본부장 자리가 비면 금세 채워질 것이다.

계약에 문제가 있다고 누가 구체적인 내용으로 감사실에 신고했을까. 단정 짓지 않으려고 해도 나를 비리로 제보하고, 지방 전보를 보내려는 사람이 같은 이라고 결론 내는 데 오랜 시간이 들지 않았다.

재욱은 자신이 보낸 메일에 내가 답을 하지 않자 또다시 메일을 보냈다.

'선물'

메일 제목을 한참 들여다봤다. 메일을 읽지 않아도, 아니 읽는다 해도 달라질 게 아무것도 없을 터였다. 뭘 먹을지, 어디에서 뜨거운 밤을 화끈하게 보낼지. 그도 아니라면 며칠 조심하느라 그간 내게 시키지 못한 협력 업체 심부름을 한꺼번에 지시하려나. 내가 생각해낸 그의 메일이 고작 그 정도가 전부였구나. 아니다. 이번에는 그런 시시한 부탁이 아닐지도 모른다.

숨을 죽이며 쓸쓸한 웃음을 참았다. 회사에서 주눅

이 드는 것도, 눈치를 살피는 것도 어느 틈에 버릇이 되었다. 분위기 파악은 잘했으나 남의 눈치를 보는 사람은 아니었는데, 언제부턴가 다른 사람의 잣대로 나를 움직이고 있었구나.

빈 화면에 의미 없는 글자를 타이핑했다. 눈, 눈, 하얀 눈, 더러워진 눈, 녹아서 꼴 보기도 싫은 흙이 마구 섞인 구역질이 나는 눈, 꽁꽁 언 길과 한파로 곱은 손, 미치도록 마주하기 싫은데 더럽게 아름답고 평온한 고향의 광경……. 그따위 것이 무엇이라고 지금껏 몸과 마음이 짓이겨져도 현실에서 탈출하려면 싫은 것도 이겨내야 한다며 상처가 곪아 피고름이 되도록 참고 살아왔나. 아니, 죽을 둥 살 둥 발버둥질했을까.

자리에서 일어나 재욱의 파티션 안으로 들어갔다. 재욱이 당황해 나를 쳐다봤다. 그러나 그는 이내 빙긋이 웃으며 책상 아래로 팔을 내려 내 손에 깍지를 꼈다. 좋은 소식이 있다고, 메일을 빨리 확인해 보라며 어울리지 않게 한쪽 눈을 찡긋거렸다. 신이 난, 그보다는 불편한 게 전혀 없는 해맑은 표정이었다. 그의 얼굴을 바라보며 같이 웃을 수 없었다. 의리도, 양심도 아무것도 없는 새끼. 재욱의 뺨이 붉으락푸르락 달아오르게 힘껏 후려갈길까. 아니면 웃고 있는 저 눈을 더 이상 웃지 못하게 날카로운 것으로 찔러버릴까. 호흡을 조절하면서 재욱의 변명을 참고 기다렸다.

어쩌면 그가 보낸 메일은 회사에서 나를 공장으로 발령 내리려고 했는데 자신이 힘을 써서 전보가 취소되었다는 내용인지 모른다. 아니면 자신도 방금 들은 소식처럼 최근 진행 중인 감사를 들먹이며 감사실이 의도한 대로 상황이 돌아가지는 않을 거라고 자신만 믿으라는 헛소리를 해댈지도 모르겠고. 상황을 거꾸로 말하는 것일 테지만 그는 그것을 아무렇지 않게 자신의 공으로 바꿔 이용할지 모른다. 그는 나를 멀리 보내는 데는 아직 성공하지 못했으나 충실한 부하 직원으로 나를 부리는 법은 여전히 잘 알고 있었다.

난방이 따뜻한데 한겨울 빙판에 서 있는 듯 손끝과 발이 시렸고, 입가에는 입김이 새어 나왔다. 감정이 끓어올라 감각이 제멋대로 돌아가는 모양이었다. 사방이 부옇게 흐려졌다. 그리고 어떤 남자가 내 입술에 입술을 포개는 장면이 나타났다. 그는 가슴을 주무르며 이어 내 바지를 거친 손길로 강제로 끌어내렸다. 음순에 닿은 손길을 거부했으나 남자는 막으려는 내 손을 거칠게 붙들고 악력을 썼다. 모든 힘을 동원해 거부해도 남자의 힘이 거세서 그가 손으로 마구 비벼댄 성기는 불로 댄 듯 쓰렸고, 강제로 눌려 상처가 나서 참기 어렵게 아팠다.

그러는 와중에도 남자는 옆 테이블을 티 나게 흘깃거렸다. 나는 달아날 곳을 찾으려고 사방을 둘러보며 남자의 시선이 가는 방향을 눈길로 쫓았다. 맞은편 테이블에 핸드폰이 올려져 있었다. 핸드폰은 동영상을 촬영하는 화면이었다. 청록색의 반짝이는 핸드폰은 재욱의 것과 비슷했다. 자세히 보니 핸드폰 상단에 승리를 상징하는 월계수 스티커가 붙었고, 그 옆으로 그가 종종 자랑하던 승리의 여신 니케 핸드폰 키링이 달랑거렸다. 모든 게 부서졌다. 믿고 싶지 않지만, 재욱이 나를 찍고 있거나 찍으려고 만든 자리 같았다.

그때 강하게 저항하지 못한 내 잘못도 있었을 것이다. 그 일이 있고 바로 해명과 사과를 요구하지 않은 내 탓도 크다고 누군가는 떠들지 모른다. 그런가? 아니, 그렇지 않다. 내가 그렇게 만든 게 아니고 원한 것도 아닌데, 절대 내 탓일 리 없다. 그 일을 문제 삼지 않은 이유는 따로 있었다. 그 사고를 따졌다가 불거질지 모를 원치 않는 루머가 싫어서였다. 소문은 지저분한 루머가 되고, 커진 루머는 어느새 사실이 되었다. 그래서 나는 그런 건 피하는 게 낫다고, 사고를 물고 늘어지면 남의 말을 좋아하는 사람들은 무엇이 잘못되었는지보다 피해자가 애초에 원인을 제공했다고 단정 짓는다고 생각했다. 그리고 그 일을 구설수로 올려서 성폭력이나 갑질을 그저 흥밋거리로, 나를 제 뜻도 밝히지 못하고 당한 모자란 사람으로 만들어 앞으로 내가 갈 길이 험난해진다고 판단했었다. 나는 힘이 없는 별 볼 일 없는 직원이고, 내 편에 서서 같이 싸울 사람도 없었다.

"그 여자 예뻐? 몇 살이래? 어리지? 하긴 가진 게 없으니 몸뚱이라도 굴려야지, 그 주제에 별수 있겠어?"

어릴 적 엄마와 같이 살며 엄마를 모자란 사람으로 만들고 낄낄대던 사람들의 대화를 몇 차례 들은 적이 있다. 떠올리면 지금과 다를 바 없는 상황이었다. 가깝다고 믿었던 사람이, 재욱이 그랬으니 그보다 더한 상황이었다. 나는 처참했으나 죽을힘을 다해 버텼다.

'만대예'로 더 이상 유명해지면 안 되었다. 그래서 억지로 입을 다물었고, 내 머릿속에서 그 사건을 도려내려 했다. 깡그리 잊으려고 노력했다. 재욱은 늘 하던 대로 그에 대해 어떤 변명이나 사과는 하지 않았다.

이번에도 승진은 어려울 것 같다면서 재욱이 구질구질한 위로라도 늘어놓길 바랐다. 감사나 전보는 사내 분위기 때문에 받아들일 수밖에 없다며, 나처럼 줄이 없는 직원은 회사가 어려울 때는 희생을 감수해야 하는 거 아니냐는 지루한 말을 늘어놓으면서. 물론 그런 변명이나 위안은 상상만으로도 불쾌하다. 그러나 그 말을 지어내려면 적어도 시간을 들여 고민해야 하니까, 나란 사람을 억지로라도 생각해야 하니까 아무 짝에 쓸모없는 정성을 바라는 거다.

꼴이 초라해 가만히 서 있기도 힘들었다. 수치심과 분노, 그보다는 참기 힘든 절망에 기운이 빠졌다. 재욱이 잡은 손을 털어냈다. 나를 쳐다보는 재욱의 시선이 뒤틀렸다. 고개를 갸웃하며 조소를 머금은 얼굴은 회사에서 숱하게 마주했던, 그리고 겪었던 익숙한 표정이다. 그의 표정을 보니 화가 일어 눈을 마주하기도 싫었다. 그러나 부딪혀야 했다. 메스꺼움을 누르며 재욱을 똑바로 응시했다. 가까스로 비어져 나오는 욕설을 참고, 입을 천천히 열었다. 재욱이 하는 방식으로 나도 허세를 부리고 싶었다.

"가만히 있으려니까 몸이 말을 안 듣네요. 팀장님 말씀대로 가만있었는데, 왜 이렇게 몸도 마음도 처지는지. 시키신 일은 마쳤으니까 이만 들어가겠습니다. 그리고 저, 내일은 건강검진이 있어서 늦어요. 직장 건강검진은 의무잖아요. 저는 하라는 대로 잘하는 직원이니까요. 시키실 일이 더 있는 건 아니시죠?"

재욱은 내 말에 대꾸하지 않고, 모니터로 고개를 돌

렸다. 그 모습을 보자 웃음도 나오지 않았다. 그런데 그의 굳은 표정이 어딘지 반가웠다. 나는 그의 반응에 더 이상 눈치 볼 필요가 없다는 사실이, 고작 그 사실만으로 숨을 고를 수 있었다. 이제 그가 뭐라고 지껄이든 신경 쓰지 않아도 되니까 무슨 말이든 토할 수 있다.

재욱이 한편으로 고마웠다. 그의 한결같은, 나는 아무것도 아니라는 반응이 어설프게 내가 무엇을 잘못했는지 고민에 빠지지 않게 해 다행이었다. 그리고 나는 기억에서 더러운 일을 끄집어냈다. 내가 성폭행당하던 모습을 몰래 찍은 재욱을. 내가 버텨야 할 이유가 필요했다. 그때 그가 한 짓을 생각하면 사과나 변명으로는 부족했다. 그 영상을 세상에 공개하면 재욱은 궁지에 몰려 더 이상 헤어날 수 없을 터였다. 재욱에게 바짝 다가섰다가 몸을 돌렸다. 그가 더 일어설 수 없는 확실한 한방이 필요했다. 내가 앞으로 볼 피해는 재욱이 저지른 짓에 비하면 아무것도 아니다. 사람을, 동료를, 그것도 연인을 함부로 이용한 사람은 존중할 이유나 고려할 필요가 없다. 나는 그가 아파할 방식으로 판을 짤 것이다.

재욱의 파티션 밖으로 나서면서 팀원이 들리게 웃음을 크게 터뜨렸다. 직원들의 시선이 내게 집중됐다.

나는 아무 일이 없었다는 듯 퇴근하겠다며 더욱 크게
재욱을 향해 인사했다.

재욱이 말한 망할 놈의 해방, 그건 지금부터 내가
할 작정이었다.

2013
이를테면 엇갈린 기억

순진함과 멍청함 혹은 순수함과 터무니없음, 무지
와 성실 사이?

승훈을 표현할 말은 그와 비슷하게 수도 없이 많지
만 한 가지 단언할 수 있는 건 그는 현명하다거나 명
민하다, 영리하다 같은 표현이 어울리지 않는 사람이
란 것이다. 불행히 그의 주변에 있는 사람들도 다르지
않았다.

나는 누구도 원하지 않은 불청객 자격으로 그 모임
에 끼어들었다. 예상했던 것과 달리 그들은 나를 경계
하지 않았다. 물론 무심이란 가면을 덮어쓴 주의 상태
였겠지만. 그 분위기는 대략 대학교 1학년 때 영어 연
극 때문에 승훈의 조에 들어갔을 때와 다르지 않았다.
그들은 내가 어떤 사람인지 궁금하나 티 내지 않으려

고 애썼고, 진심을 들키면 자존심을 구기기라도 할 것처럼 무미한 태도로 일관했다.

모임에 참석하기 전에 승훈이 나를 사람들에게 소개한 것 같았는데, 그런 이유로 나는 그들에게 고개를 까딱하고 건성으로 인사했다. 내가 인사하자 사람들은 손뼉을 치는 것처럼 손을 모으고 손가락을 구부려 부딪쳤다. 일반적으로 하는 박수와 달리 소리가 거의 들리지 않았으나 손가락을 부딪치기 위해 손의 모양을 유지해야 해서 묘하게 절도 있어 보였다.

무리의 리더가 다가와 말했다.

"환영합니다. 사정은 이미 들어서 알 테고, 잘해 봅시다."

그는 악수를 청하거나 말을 길게 하지 않았다. 그렇다고 웃거나 찌푸리는 표정도 짓지 않아 속내를 가늠할 수 없었다. 그런데 어딘지 익숙한 목소리였다. 이사람을 어디에서 만났더라? 유난히 긴 눈매와 중저음의 목소리가 우리가 어디에서 마주친 적이 있는지 기억을 더듬게 했다. 그러나 나를 둘러싼 사람들이 나와 눈을 맞추지 않고, 승훈은 진중함을 넘어 구토라도 할 것같이 표정이 굳어서 리더라는 사람이 누구인지 고민할 여력이 없었다. 괜한 얘깃거리도 그 사람들에게 흘릴 필요가 없었다. 낯선 환경이라 긴장해서 사람을 착각한 것일 터였다.

마뜩잖은 표정을 보니 나를 바라보는 사람들의 감정이 유추되었다. 하긴 살해를 도모하는 무리인데 사람 하나 늘었다고 무엇이 즐거워 환대할까. 들어온 이유는 대학 신입생 때에 한 영어 연극과 비슷했으나 목적은 전혀 다른, 어떻게 포장해도 거칠고 더러운 만남이었다. 나는 또다시 한 편의 연극을 찍기로 결심했다.

승훈과 같이하는 사람들은 의기만 높지 하려는 일에 세심한 전략을 짤 줄 아는 사람이 없었다. 그들은 고목 뒤에 숨어서 지켜봤던 며칠 전을 그대로 재연했다. 여섯 명이 모여 정해진 순서대로 살해를 연습하고, 피해자가 반발할 경우를 예상했으며 혹시나 숨어든 사람을 만났을 때 어떻게 할지 대비책을 얘기했다. 얼핏 보기에는 모든 상황을 고려한 잘 짠 시나리오로 보였다. 그러나 그들의 극본에는 대범함은 있으나 실패하고 난 다음의 대책은 없었다. 정확히 말해 실패를 전혀 상상하지 않으려 했다.

어둠 속에서 누군가 외쳤다.

"어떤 미친놈이 그 야심한 시각에 이렇게 어두운, 그것도 길도 안 난 으슥한 숲에 숨어들겠어? 조경사도 그 시간에는 절대 안 와."

그 말에 사람들은 너 나 할 것 없이 고개를 주억거렸다. 그러나 리더와 승훈은 주변을 돌아보다가 거의 동시에 내게 시선을 고정했다. 나는 두 사람의 눈빛을 의식하며 사람들을 둘러보고 말했다.

"피해자가 반항할 경우는 어떻게 해요? 그 사람을 숲까지 끌고 갈 뾰족한 수라도 있어요?"

약간의 시간이 흐른 뒤 모인 사람 중 하나가 목소리를 냈다. 어둡고, 주변이 낯설어 그 사람의 얼굴을 정확히 알아볼 수 없었다.

"그간 친하게 지냈으니까 거기까지 데려가는 건 문제없어요. 자연스럽게 안부를 묻다가……. 김은성이 워낙 19금 농담을 좋아하니까 그런 소릴 하면 아마 낄낄대면서 좋다고 쫓아올걸요? 약을 안 먹으면 조울증이 심해서 감정 기복이 엄청나다고 들었는데, 거꾸로 약을 먹인 뒤 기분을 잘 맞추면 어렵지 않다는 얘기가 되죠."

모인 사람들은 누가 김은성을 유인할지 서로를 추천했다. 의견이라기보다는 농담조로, 이런 대화를 한다는 자체가 매우 흥미롭다는 식으로 웅성웅성 떠들었다. 실소가 터졌다. 한마디로 그들은 아무 대책이 없다는 걸 태평하게 인정하는 꼴이었다. 숨을 크게 들이마셨다. 그들을 비웃어서는 가까스로 차지한 자리를 지켜낼 수 없었다. 그들이 보인 잔인함을 생각하면 내 목숨까지 위태로워질지 몰랐다.

"좋은 아이디어이긴 한데⋯⋯. 걱정되는 게요. 그 김은성이라는 사람, 정말 그렇게 단순해요? 아무리 그래도, 사람을 없애는 거라 마음에 걸려서요. 혹시 김은성이 우리 낌새를 눈치채면요? 촉이라도 발동해서 거칠게 나올 수도 있고, 정말 운이 더럽게 없다면⋯⋯. 그니깐 어디에서 이상한 소문이라도 주워듣고 온다면요?"

일부러 과장하거나 겁을 주려고 한 말이 아니었다. 그들이 세운 계획은 허술하기 짝이 없어서 잘못될 가능성이 농후했다. 일이 잘못되면 내가 가진 별거 없는 것들이 심하게 흔들릴지 모른다. 살해 사건에, 그것도 명분이 너절한 배금주의자가 명백한 사건에 휘말린다면, 사건이 발각되어 내가 그들과 같은 패거리로 몰린다면? 간신히 들어간 직장에서 살해 사건이 들통나 빈털터리로 쫓겨난다면? 아찔했다. 냉정히 생각하면 이런 판에 발 들인 이상 헤어나기 힘드니 그럴 바에는 차라리 집요하게 그 사건이 발각되지 않도록 매달리는 편이 나았다. 내가 그들의 공격 대상이 되기 전에 누군가를 먼저 표적 삼아야 한다. 나를 대신할, 그나마 공격받아도 피해 없을 사람을 찾아서.

사람들은 내가 하는 말에 대꾸가 없었다. 내게 집중해서 그런다기보다는, 한 번도 고민한 적 없어 답을 못 찾는 것 같았다.

"그래서 이대로 접자는 겁니까?"

말하는 사람이 어슴푸레 보였고, 제 딴에는 굵은 목소리로 딴사람처럼 내게 존대하고 있었으나 나는 승훈이라는 것을 단번에 알아챘다.

"아니요. 어렵게 모였는데, 혹시 모를 경우의 수에 대비하자는 거죠."

그 말을 하자 이번에는 리더가 나섰다.

"무슨 좋은 수라도 있어요? 아니면 그런 위험이 있다는 걸 그냥 한번 던져본 거예요?"

숨을 골랐다. 모든 사람이 흥분 상태이니 작전을 짜는 나라도 차분하고, 침착하게 접근해야 한다.

"김은성을 거기까지 끌고 가게 작전을 세워야죠. 나중에 누군가에게 걸려서 부검해도 크게 문제가 안 될 양념을 첨가해서요."

김은성은 정신은 있지만, 몸을 주체하지 못했다. 나는 김은성이 혹시 나를 기억할까 봐 고목 뒤로 몸을 숨겼다. 몸을 제 뜻대로 움직이지 못하는 김은성은 사람들이 자신을 해치려고 바쁘게 움직여도 고개를 들지 못하고 신음을, 그것도 거의 안 들리는 소리만 간신히 내었다. 신경정신과에서 조울증이 심한 척하고 처방받은 약을 쓰지도 못했다고 아까워했는데, 이렇게 요긴하게 사용할 줄이야.

몇 시간 전, 김은성의 집을 찾아가 벨을 눌렀다. 김은성은 군수가 선물을 보냈다는 말에 경계도 하지 않고 집 안으로 나를 들였다. 생각보다 쉽게 안으로 들어가 당황해 말을 버벅거렸다. 두려움과 설렘이 범벅되어 호흡이 삽시간에 뒤엉켰다.

김은성의 집은 입구가 삼중 문으로 설계되었는데 바깥 문은 손바닥 전체를 인식하는 도어락이고, 안쪽 두 개 문은 각각 세 개의 다른 개폐 방식의 자물쇠를 열어야 들어갈 수 있었다. 창은 이중창으로 안도 바깥도 방범창이었다. 듣던 대로 보통의 시골집과 다른, 보안을 강화한 특수 형태의 주택이었다. 문을 여는 게 복잡해 걱정했지만, 그건 내 담당이 아니라 누군가 열쇠공을 불러서 해결하겠지 하고는 문을 따는 데 아무런 참견을 하지 않았다. 그렇지만 큰돈을 숨긴 집이라고 생각하니 절로 돌아가는 고개는 막을 수 없었다. 대체 어디에 돈을 넣어둔 걸까. 사람을 죽일 정도로 큰돈이라면, 그렇게 많은 사람이 목숨 걸고 덤빌 정도라면 이보다 복잡하게 몇 중으로 집을 설계했어야 안전할 텐데. 현금일까, 금괴일까. 그 액수는 얼마나 될까. 나는 궁금증을 겨우 거두고, 할 일만 되뇌며 집중했다.

김은성에게 꽃다발을 안기고, 군수가 보냈다고 위장한 선물을 건넨 다음에 아이스 딸기 라테를 내밀었다. 그러곤 여느 때보다 환하게 웃었다. 한동안 일했던 카페에서 고객을 대할 때를 떠올리며, 오늘 밤에 세상을 등질 사람이니까 내 얼굴을 기억한다 해도 상관없다는 주문을 스스로 걸며 이곳에서 나를 탈출시킬 귀인에게 최선을 다해 경쾌한 목소리를 냈다.

"딸기가 이포의 특산물이라 군수님께서 직접 따 오셔서 사모님이 갈아 만드신 거예요. 죄송하지만 두 분께 잘 드셨다고 보고해야 하니까, 라테를 드시는 모습을 한 컷만 찍으면 안 될까요? 진짜 죄송합니다. 귀찮게 해서요."

김은성은 망설임 없이 음료를 들이켰고, 나는 고맙다는 인사와 함께 그녀를 사진으로 남겼다. 나중에 무리가 내가 할 일을 제대로 하지 않았다고 따질 경우를 대비한 증거 사진이었다. 벤조디아제핀 성분의 신경안정제는 한두 시간 뒤에 그녀를 나른하게 만들 것이다. 욕심을 내어 보통 성인이 먹을 두 배의 용량을 넣었으니 약효가 더 빨리, 더욱 오래갈 것이다. 행여 경찰이나 국과수, 누군가에게 걸려도 우리에겐 김은성의 조울증과 불면증 치료라는 든든한 방패가 있었다. 신용불량자에 투기꾼인데, 그녀의 정신 상태가 온전하다고 믿을 사람은 많지 않을 것이었다. 게다가 이포면에서 지금 우리가 하는 일에 자유로운 사람은 거의 없어서 사건을 증언하겠다고 무모하게 나설 사람도 드물 터였다.

김은성은 음료를 마시고 쓰러져 두 시간 뒤에 우리에게 둘러싸였다. 김은성에게 세 시간 뒤에 들이닥칠까, 두 시간 뒤에 덮칠까를 두고 설전을 벌이다 보안을 뚫는 데 시간이 한참 걸릴 거라는 리더의 판단에 따라 두 시간 뒤 작업을 시작하기로 했다. 여덟 시간이 지나면 강한 약효를 기대할 수 없어 너무 늦으면 안 된다는 걱정도 막판에 작용했다.

리더와 나, 덩치 좋은 30대의 황 씨, 열쇠공. 열쇠공은 완도에서 배를 타면 한 시간 거리인 여서도에서 왔다. 그는 이 일을 같이하는 멤버 중 한 사람의 아내의 친구였는데, 완도 일대에서 기술이 좋기로 나름대로 유명한 열쇠공이었다. 열쇠공을 소개한 멤버는 열쇠공이 사는 곳이 여기와 한참 떨어져서 우리가 하는 일과 엮인 게 없어 안심해도 된다고 말하고는 열쇠공이 가진 기술을 덧붙여 소개했다. 어쨌거나 열쇠공은 영문도 모르고 친구 남편의 부탁을 받아 현관문 도어락을 해제했고, 현관문 안쪽의 두 개 문의 자물쇠는 만능키와 절단 공구를 사용해 큰 어려움 없이 열었다. 각종 열쇠 해체 장비를 캐리어에 가득 싣고 왔는데 한 시간도 안 되어 싱겁게 보안을 뚫었다. 리더는 최악의 사태를 대비해 열쇠공도 믿을 수 없다며 그를 집에 들이지 않고 사례금을 두둑이 주어 바깥으로 부리나케 내보냈다.

나는 김은성에게 약이 덜 돌았을 것 같고, 사람들과 범행을 의논하기에도 어색해 근처 슈퍼마켓에서 셋이 마실 캔 커피를 사 왔다. 그 둘은 이포면 출신으로 내가 끼지 못하는 유대감이 있었다. 내가 슈퍼에 다녀온 사이 두 사람은 안방 문을 따고 들어가 김은성의 개인 금고를 빼냈다. 우리는 생각하지 못한 금고에 당황했으나 수도권 근처로 가면 금고 전문가가 많을 거라서 걱정을 내려놓고 금고를 들어 황 씨가 몰고 온 차에 넣은 뒤 무릎담요를 덮어 숨겼다. 그러면 그렇지. 명색이 기획 부동산 브로커인데 출입문 장치만 있는 집에 허술하게 거액을 보관했겠어?

보안 문을 따고, 금고를 나르느라 주변이 소란스러

웠음에도 불구하고 김은성은 곤히 잠들어 일어나지 않았다. 그녀는 우리가 흔들어 깨우자 눈을 무겁게 떴다가 도로 감았다. 약의 용량이 과다해 일을 실행하기 전에 잘못될까 봐 걱정했는데, 정신은 흐리고 몸은 주체하지 못하는 딱 우리가 바라던 상태가 되었다. 이제 그녀를 들어 안전한 길을 이용해 깊은 숲으로 이동시키면 되었다. 나는 그동안 들었던 의문을 그제야 입밖으로 꺼내었다.

"왜 굳이, 어렵게 숲으로 들어가요? 이런 데가 작업하기 훨씬 편하잖아요. 챙겨야 할 것도 많은데, 그냥 여기에서 끝장내면 안 돼요?"

리더가 커피를 다 마시고 캔을 구긴 다음 나를 돌아봤다.

"세심하게 작전을 짜길래 굉장히 똑똑한 줄 알았는데. 이거 아무것도 모르는 맹탕이었네?"

리더의 말에 열이 올랐으나 그가 하는 말을 더 들어야 해서 잠자코 기다렸다. 황 씨는 입매를 비틀어 올리고는 고개를 내저었다. 잠시 뒤 리더는 나 그리고 황 씨와 차례로 눈을 맞추고 말을 이었다.

"내가 여기에, 왜 두 사람만 불렀는지 몰라요? 지홍 씨는 김은성이랑 이해관계가 없고, 설계자 같은 사람이니까 불렀고, 황 씨는 숲까지 김은성을 들쳐업고 움직여야 해서 힘 좋은 놈으로 택했죠. 나는 어쨌든 책임자니까 비상시에 의사 결정할 자격으로 온 거고요. 그런데 여기에서 일을 하자고? 근방 CCTV 두 대는 못 쓰게 고장 내서 걱정 없지만, 곳곳에 주차된 차에서 찍히는 블랙박스는 피할 수가 없다고요. 모인 사람들이 많으면 당연히 의심받을 거고. 김은성을 이곳에서 해치다가 소리라도 새어 나가면 후와, 그건 또 어떻게 막을 것이며……. 여기에 못 긴 사람들이 우리가 하는 일에 얼마나 촉각을 세우고 있는데. 시신을 몰래 나르는 것도 생각해야죠! 이건 뭐, 멘탈이 타고난 사람도 아니고."

리더를 포함해 숲에 모인 사람들을 얕잡아 보았는데, 허투루 본 게 아차 싶었다. 하긴 돈 때문에 멀쩡한 사람을 죽이려는 무리인데, 아무 대책 없는 막무가내는 아닐 테지. 하지만 의문이 완전히 사라지지 않았다. 나는 가장 묻고 싶은 질문을 던졌다.

"근데 이 여자는 왜 죽여요?"

이번엔 리더가 고개를 흔들며 쓴웃음을 참았고, 황씨는 답답하다는 표정으로 인상을 찌푸리며 가래침을 뱉었다.

"무려 이백억이야. 무슨 뜻인지 몰라?"

"이백억이요? 그게 무슨 소린데요?"

그가 반말로 하든, 위협적으로 삿대질하든 두렵지 않았다. 그런데 이백억이라니, 이건 또 무슨 말인가.

"여기 사람들 김은성이 소개한 업자한테 넘긴 집과 땅. 그걸 현재 오른 돈으로 환산하면 천억 원이 넘어. 물론 지금에 비하면 백 분의 일 가격일 때라 매매가가 형편없었지만. 김은성은 주택과 토지 비용을 오를 값으로 추산해서 부동산 업자에게 20프로가량 커미션을 받았대. 그니깐 그게 이백억이 좀 안 될 거고. 알다시피 업자들은 기획 부동산이고, 김은성은 말하자면 브로커인 셈이지. 한마디로 등신같이 물러터진 우리가 그 새끼들한테 작업당한 거야. 저렇게 시체처럼 누워 있어도 아주 영악하게 머리가 돌아갔던 년이라고. 저걸 없애지 않으면 우리가 또 어떻게 당할지 몰라. 아무튼, 그 돈이라도 돌려받으면 토지 보상금을 받는 건 물론이고, 투자 비용도 회수할 수 있다는 소리지."

낮은 목소리의 강렬한 분노. 거기에 깃든 기묘한 희망. 그 사람들이 투자라고 생각하는 것이 본래 그들이 계획한 게 아니라서 억지였으나 인간은 본래 이성이 있다고 착각하는 비이성적인 존재이므로 그들의 입장에 선다면 이해 못 할 건 없었다. 그런데 그 말을 들으니 정신이 번뜩 났다. 이백억을 여섯 가구로 나눈다? 이건 빙고나 유레카를 외칠 상황이었다. 이젠 나를 포

함해 일곱 가구로 나눌 테니 그렇다면 내게 떨어지는
돈은?

"그런데요. 뭐 하러 여럿이 모여서 살해를, 이 일을
하려는 거예요? 까놓고 말해서 지금처럼, 우리 셋만
있어도 충분하잖아요."

"그렇게 안 봤는데, 사람 참 순진하네. 각자 져야 할
짐이 있는 거야. 거기 모인 사람들 누구도 여기에서
발 뺄 수 없다고, 서로가 지켜보고 있다고 단체 협약,
아니 공개적으로 목을 죄는 거라고! 김은성이 사라지
면 사람들이 의심할 텐데 얽힌 사람이 많아야 진술을
덜하지!"

리더는 흥분한 황 씨에게 다가가 어깨를 붙들었
다. 잠시 뒤 황 씨가 숨을 고르자 리더가 하던 말을
이었다.

"사람이 없는 곳에서 처리해야 해요. 그래서 믿을 만
한 사람만 고른 거고. 소리가 새어 나가면 안 되니까
아무도 없는 데서, 그런데 현장을 함께하는 건 각자
책임감을 주고 감시하는 역할도 하니까 같이하는 거
죠. 소수만 모일 수 있는, 사람들이 찾기 어려운 깊은
숲이 최적이에요. 지금도 보안 때문에 동선을 흘리고
다니면 안 되는 거고. 새벽에 멤버 둘이 동네를 돌면서
근방에 세운 차를 전부 조사해 블랙박스가 있는 위치

를 넘겼어요. 이젠, 그걸 피해서 김은성을 움직이면 됩니다."

나는 이 일에 얽힌 사람들에게 쉽게 들킬 수 있는 이 지역을 벗어나서 처리하면 안 되냐고 따지려다 그만두었다. 이빨도 안 들어갈 사람들에게 어떤 말도 붙일 용기가 나지 않아서였다.

혹시 모를 사태를 대비해 김은성에게 최면 가스를 마시게 하고, 소리가 새면 안 되니까 테이프로 입을 막았다. 아담한 체구는 대형 포대에 밀어 넣고 다른 포대로 다시 싸매서 얼핏 보면 소나 돼지를 등분해 포장한 것처럼 보였다. 신경안정제를 먹이고 최면 가스를 사용해 기절시켜 김은성은 반항조차 못 하는 가여운 짐승이 되었다. 어쩌면 그녀도 나와 이 무리처럼 안간힘을 쓰며 현실에서 투쟁하고 살았는데, 내 편이라고 믿었던 사람에게 쓸모없는 존재로 몰려 제거될 위험에 처했는지 모른다.

후드 티의 모자를 썼다가 도리어 관심을 끌 거 같아 모자를 벗고 두 사람과 떨어져 걸었다. 겁이 나는 건 아니지만, 성인 남자 둘과 성인 여자 한 명의 조합은, 더군다나 나는 이포면 출신이 아니어서 원치 않는 눈길을 끌기가 십상이라 튀는 행동은 멀리하는 게 낫다.

위험한 일에서 나를 보호해도 손해 볼 건 없었다.

예상과 달리 숲으로 가는 길엔 개 두 마리가 어슬렁 거릴 뿐 사람은 보이지 않았다. 농번기라 사람들은 논으로 밭으로 일하러 나갔을 것이다. 그러함에도 나는 고개는 움직이지 않고, 눈알만 굴려 주변을 경계했다. 소리는 되도록 내지 않으려 발걸음도 조심히 했다.

"저는 수풀에 숨어서 사람이 오가는지 망을 볼게요. 보안이 확실해야 마음이 놓이잖아요. 혹시 김은성이 깨어나면 산길을 헤매다 사람을 발견한 것처럼 뛰어 들어 소란을 막으면 되고요. 김은성이 얌전해진 틈에 재빨리 덮치면……."

"뭐 하러 어렵게 고생을 사서 해요? 소리치면 바로 죽이면 되지."

"그럴 거면 왜 모이는데요? 서로 목을 죄는 자리라 면서요."

내가 한 발 빼는 걸 그들이 알아챘을까. 김은성에게 얼굴을 드러냈지만, 그건 어디까지나 잠깐이었고, 그 때 그녀의 관심은 군수가 보낸 선물에 가 있어 나란 사람은 거들떠보지 않았다. 설사 정신이 깨어난대도 약 기운에 취해 나를 그전에 본 사람으로 연결 짓기는 어려울 터였다. 멤버들이 나를 의심한다고 해도 이런 일은 처음이라 긴장해 앞에 나서기 힘들다고 둘러대면 대충 넘어갈 것이다. 엄마가 살해된 현장에서 이미 경험한 일이었다. 사람들은 남, 더군다나 자신이 책임 져야 할 사건은 더 들여다보고 싶어 하지 않는다. 개 인의 아픔은 당사자에게나 효용이 있지, 그와 관계없 는 사람에게는 그저 관심 없는 얘기일 따름이다.

그곳에는 멤버 몇이 대기하고 있었다. 얼마 전에는 여러 사람에게 들키면 안 된다고 겁을 주더니 정작 자 신들은 어떻게 될지 모르는 일을 속을 알 수 없는 사 람들과 어울려 하고 있었다.

마대를 내려놓자 마대 안에 있는 사람이 움직였다. 포대가 상하로 들썩이며 거칠게 숨을 내쉬는 소리가 들렸다. 포대를 둘러섰던 멤버들은 그걸 보자 일사불 란하게 움직였다. 한 명은 김은성의 하반신으로 생각 되는 곳을 붙들고, 다른 사람은 상반신을, 그리고 승 훈은 매듭을 풀어 신속하게 포대를 벗겨냈다.

두 명은 김은성을 포대에서 꺼내고는 각각 김은성 의 상반신과 하반신을 붙들어 움직이지 못하게 했고, 승훈은 주변에 사람이 있는지 빠르게 둘러봤다. 리더 는 멤버들이 김은성을 꽉 붙드는 걸 확인하고는 장도 리를 들어 일을 시작할 자세를 취했다.

그사이 김은성은 정말이지 최선을 다해 바둥거렸다.

아무리 약 기운이 돌아도 자신을 죽이려고 사람들이 미쳐 날뛰는데 당하고만 있을 사람은 없을 것이다. 김은성은 필사의 안간힘을 써서 몸을 움직였고, 테이프로 입을 막아 목소리를 내기 힘든데도 성대가 찢어질 것처럼 째지는 소리로 악을 썼다. 그녀가 목숨을 걸고 힘을 쓰자 붙들고 있던 사람들의 몸이 같이 들썩였다. 리더는 김은성을 향해 장도리를 들었지만, 자칫 잘못하다간 다른 사람을 칠 수 있어 주저했다.

사람이 많이 모여도 모두 무용한데, 이렇게 모두 모인 게 맞았을까. 속이 갑갑했다. 누군가 김은성의 허벅지에 올라앉으면 몸이 덜 흔들려 일이 쉬워질 텐데. 그들은 김은성을 앉히고 한 사람은 김은성의 앞에서 발목을 잡고, 다른 사람은 김은성의 등 뒤에서 포복하는 것처럼 엎드려 허리를 붙들었다. 머리가 목표 지점이라 장도리를 내리칠 때 다른 사람이 방해물로 걸리면 안 되니까 그런 자세를 택했겠지만, 김은성이 움직여 목표한 머리가 흔들리는 통에 일을 치르기 어려웠다.

결국에 나는 참지 못하고, 후드 티의 모자를 얼굴이 많이 가리게 끈을 조여서 쓰고는 사람들의 앞에 섰다. 김은성의 허벅지에 올라앉아 그녀를 꽉 껴안았다. 김은성은 내가 자신을 품에 안자 숨을 눌러 쉬었다. 죽을 수 있는 상황에서도 사람의 온기에 안도하고 있는지 모른다. 아니면 설마 사람을 죽이기까지 하겠어, 라는 실낱같은 희망을 품고 있는지도 모르겠고. 이유가 어쨌든 곧 죽을 목숨이었다. 승훈은 내 어깨를 두드리면서 할 수 있겠냐고 입 모양을 냈다. 실은 사람을 죽이면 오랫동안 기분이 더러워 피하고 싶었다. 세번째 살해였다. 그러나 처음이 아니라고 쉬운 건 아니라서 마음을 다잡아야 했다. 오히려 처음이 아니라 후폭풍이 만만치 않다는 걸 알기에 더욱 실행하기 힘들었다. 고개를 끄덕이고는 승훈에게 말했다.

"이 사람도 힘드니까 아까랑 똑같이, 한 번만 더 가자."

그 뒤로 일은 빠르게 흘러갔다. 예상대로 김은성은 더 반항하지 않았고, 멤버들은 비틀거리는 김은성을 힘들이지 않고 제압했다. 리더는 내가 어떤 식으로 김은성의 머리를 칠지 시범을 보이자 내가 한 대로 목표를 조준하고 세 번 연속해 장도리로 머리를 내리쳤다. 예전에 승훈의 아버지도 지금의 리더와 같이 나를 따라 했고, 겁에 질린 표정이 거의 비슷했다. 리더는 역시, 라며 작게 말한 다음 다 쓴 장도리를 멀리 내던졌다.

모인 사람들은 소리가 나지 않게 손가락을 부딪치

며 환호도 탄식도 아닌 낮은 괴성을 질렀다. 괴성과 함께 울음과 웃음이 섞인 새된 소리가 곳곳에서 산발적으로 터졌다. 번뜩이는 눈과 그보다 밝은 빛의 새하얀 치아. 한동안 괴롭혔던 악몽보다 더한, 숲은 차츰 소름 끼치는 핼러윈의 카니발이 되어갔다.

사람들은 나와 김은성의 목숨을 당장이라도 앗을 것처럼 팔을 뻗고 다가들었다. 열 명 남짓한 사람이 백여 명이 넘어 보이는 환영, 무리가 복제되어 많아진 것처럼 거대한 인간 물결이 되어 사방에 어지럽게 돌았다. 그들은 어둠의 전사가 아니라 다만 칠흑 같은 어둠이었다. 피가 튀었고, 서로 밀고 밀려 넘어졌고, 김은성은 어떤 힘도 쓰지 못한 채 머리가 깨져 숨이 끊겼다.

그리 통쾌하지 않은, 뭔가 어설프면서도 극도로 잔인한, 더는 경험하고 싶지 않은 처참한 승리였다.

2013
진실게임

예정된 결말이었는지 모른다. 차라리 그때 지홍의 숨통을 확실히 끊는 게 나았을지도 모르겠고. 아니, 그전에 숲으로 숨어든 지홍을 알아보지 못한 척 무시했다면 그 뒤로 일이 그렇게 끔찍하게 흘러가지는 않았을 것이다.

지홍이 사람들 앞에서 김은성을 처리하는 시범을 보인 덕분에 김은성을 없애는 건 어려움 없이 끝났다. 살아 있는 김은성을 아무도 모르게 숲으로 옮기는 게 힘들지 죽은 사람을 저수지로 끌고 가 쇳덩이와 함께 수장하는 건 그다지 어렵지 않았다. 그게 아무리 이른 새벽, 아무것도 보이지 않는 시간에 공포를 견디며 간신히 해낸 일이었다고 할지라도 말이다.

세상은 김은성의 실종 소식에도 크게 동요하지 않

았다. 지역 신문에 사건 사고 뉴스로 짧은 기사가 났을 뿐 겁에 질려 소란을 피우는 사람도, 어딘지 수상쩍다며 말을 보태는 사람도 나타나지 않았다. 하긴 아버지와 무리가 알 수 없는 피해자들을 없앨 때도 세상은 잠잠했다. 경찰은 한 달여간의 수사를 하고 김은성을 실종자로 올리고는 더 이상 사건을 파헤치지 않았다. 외지인이 이 지역에서 이득을 취하려고 하자 사람들이 득달같이 들고일어났으나, 거꾸로 자신들과 상관없는 외지인이라 그녀의 실종이 문제가 되어 혹여 투자 개발이 무산되면 어쩌나 하는 우려로 지역민들은 누가 시키지 않아도 알아서 입을 다물었고, 경찰은 의례적인 절차를 마무리 짓고는 관심을 끊었다.

나는 멤버들이 경찰에게 손을 뻗었나 궁금했으나 더 물으면 우리가 벌인 범죄를 들추는 꼴이라 관심을 두지 않았다. 실은 그때를 떠올리면 몸서리칠 만큼 오싹해져 그와 관련한 어떤 생각도, 말도 하지 않으려고 노력했다. 잔인함도 적응이 되는 걸까. 아니면 전염이나 감염이 되는 걸까. 큰 사건이 터졌는데도 아무렇지 않게 일상을 사는 사람들이 사람을 죽이려고 덤빌 때보다 더욱 끔찍하게 느껴졌다.

김은성이 실종자로 처리되고 두 달이 지날 무렵 멤버들이 움직이기 시작했다. 어떤 소식도 없이 죽은 듯 지내다 연락이 왔다. 오후 두 시가 지나 식당에 모여 올해 시행할 예정인 지역 사업에 관해서 얘기 나누자는 문자였는데, 갑작스러운 연락임에도 살해 현장에 있던 사람들이 거의 모였다. 멤버 중 한 사람이 운영하는 식당에서 '딸기 판매 촉진을 위한 간담회'라는 몇 년을 재활용한 것 같은 현수막을 걸고, 지홍을 뺀 멤버들이 테이블을 가운데 두고 얼굴을 마주했다. 참석률이 높아 놀라웠다. 전에 얘기한 것이 없었는데도 무슨 말이 오갈지 대강 알고 있는 분위기였다.

회의는 평소와 달리 리더가 나서지 않고 내가 맡아서 진행했다. 지홍을 데려온 나를 멤버들이 탐탁지 않아 해서 이 집단에 끼려면 나로서는 어쩔 수 없는 결정이었다. 회의 전에 채영 형이 나를 불러 멤버들에게 할 말을 정리해 알려주었다.

"다들 잘 지내셨을 것으로 알고, 모인 이유를 바로 말씀하겠습니다. 아시다시피 일은 끝났습니다. 이제 정산할 시간인데요. 현재 저희가 가진 돈은 현금으로 이백이억 원입니다. 여러분을 도와주신 분들이 계실지 모르나 분배로 인해 분란이 생기면 안 돼서 여기 계신 여섯 분, 즉 여섯 가구로 이윤을 나누겠습니다. 그건 일을 시작하기 전에 전원이 합의한 사항입니다. 이백이억 원을 육으로 나누면 삼십삼억 육천만 원이 돌아가지만, 끝자리 수가 떨어지지 않아 다섯 가구는 삼십사억 원, 저는 삼십이억 원을 받겠습니다."

사람들은 자신이 받을 액수를 말하며 술렁였다. 잠시 뒤 채영 형이 손을 들었다. 나는 이 상황을 예상했기 때문에 당황하지 않고 채영 형을 건너다봤다.

"왜 승훈이 너는 그렇게 받겠다는 거야? 그냥 끝자리 수까지 똑같이 나눠. 너만 쉬운 일을 한 것도 아닌데, 그건 아니지 싶다."

고민하는 척 고개를 숙였다. 물론 다른 사람보다 덜 받을 이억 원이 아까웠다. 그러나 돈을 철저히 나누거나 내 몫을 따지다가는 지홍의 얘기가 나올 게 뻔해 얻을 게 없다는 결론을 내렸다. 순전히 돈 때문에 뭉친 사람들이고, 그것을 자신들의 권리라고 철석같이 믿는 사람들인데…… 돈을 뺏겼다는 이유로 외부인을 무참히 죽인 사람들에게는 몸을 움츠리는 게 안전했다. 몇 달 전, 채영 형이 전한 말로는 아버지도 이윤 배분 문제로 멤버들과 충돌이 심해 살해 협박을 심심찮게 받았다고 했다. 나라고 같은 문제로 이들에게 제거 대상이 되지 않으리란 보장이 없었다. 나는 돈에 목숨을 걸 만큼 바보는 아니었다.

"저는, 괜찮습니다. 아버지가 돌아가셔서 식구도 많

지 않고……. 괜히 사람만 끌어들여 여기 계신 분들 골치만 썩게 했고요."

이번에는 식당 주인이 일어나 말했다.

"생각해보니까 접때 그 여자는 왜 안 불렀어요? 아이디어가 많아서 우리한테 굉장히 도움 되지 않았나?"

식당 주인은 멤버들이 지홍에게 품었던 불만을 모르는 눈치였다. 식당에서 일하느라 모임에 몇 번 빠진 탓이었다. 기밀을 유지해야 해서 멤버들은 의식적으로 우리가 하는 일을 밖에서 떠들지 않았고, 그 일로 전화나 문자도 웬만하면 피했다. 서로가 느끼는 건 현장에서 만나 논의하거나 돌아가는 사정을 살펴 직감으로 판단했다.

손님이 없는 식당은 멤버들이 입을 다물자 정적이 내려앉았다. 내가 나서는 수밖에 없었다.

"그 사람은 처음부터 우리랑 같이한 게 아니었고, 그날 도운 걸 생각하면 고맙지만 토지나 주택을 판 게 없어서 손해 본 게 없어요. 우리는 오른 토지가와 주택가를 돌려받는 거지만 그것도 그 사람은 해당이 안 되고요. 이윤을 나누기에는 한 일이 없어요."

사람들은 고개를 끄덕였으나 의견은 보태지는 않았다. 목적이 빤한 사람들임에도 불구하고 이익 분배라는 말에 속물근성을 내보이기 꺼려지는 모양이었다. 아니면 괜히 나섰다가 자신에게 돌아갈 이익이 줄지 모른다고 계산기를 두드렸는지도 모른다. 나는 여기에 있는 자체가, 내가 그런 일에 가담했다는 사실이 아직도 믿기지 않았고, 이런 말을 하는 상황이 현실이 아니었으면 하고 바랐다. 염치를 잃은 수치심이었다. 그러나 시간을 돌리기에는 너무 와 버렸다. 사람을 죽였고, 그렇게 빼앗은 돈이 우리 앞에 놓였다. 누군가 나서야 하는 상황에 하필이면 내가 회의를 진행하고 있어 모든 시선이 내게로 쏠려 있었다. 시간을 두었다가 준비한 내용을 펴고 적어 온 대로 읽으며 생각을 정리했다.

"이백이억 원입니다. 그 사람을 부르면 여러분이 가져갈 돈은 이십팔억 원이 되고요. 사억 원 정도 덜 받는데, 그래도 괜찮으신지 여쭙고 싶네요."

방 안의 온도가 후끈하다고 느낀 건 나만의 착각은 아니었을 것이다. 사억 원이라는 말에 사람들은 대답 대신 고개를 깊이 숙였다. 지홍을 빼라거나 들이라는 말을 시원하게 하는 사람은 없었다. 모르긴 해도 이들 중에 그렇게 큰돈을 만져 본 사람은 없을 터였다. 이십팔억을 개한테 넘긴다고? 하는 말이 사람들 틈에서 한숨과 같이 섞여서 들렸다. 한참을 웅성거린 뒤에 채영 형이 일어나 단호한 목소리를 냈다.

"썩은 싹은 도려내는 게 답이죠. 이런 문제로 또다시 탈 나면 우리 모두 죽자는 얘기밖에는 안 됩니다."

*

옆으로 황 씨가 섰다. 지홍은 입이 막히고 몸은 묶인 채로 나와 황 씨 앞에서 무릎이 꿇려 앉았다. 아직 도구를 꺼내지 않았음에도 분위기가 심상치 않음에 지홍은 겁을 먹고, 있는 힘껏 신음을 내며 꿇은 자세로 머리를 조아렸다. 그녀가 움직이지 못하게 몸통을 붙드는 건 내가 맡은 일이었다.

불현듯 채영 형이 했던 말이 떠올랐다. 내가 지홍을 처리하겠다고 나서자 채영 형은 안 된다며 팔을 벌리고 막아섰다.

"대학 동기라며? 내내 우리랑 같이 해와서 내가 널 의심하는 건 아니지만, 오래 알고 지낸 사람인데 맘이 약해지지 않겠냐? 우리가 아무리 그런 짓을 했다고 해도 감정이 있는 인간이잖아. 그래도 가까운 친구였는데 그런 사람을 없애는 건 힘들지. 고집부리지 말고, 이번 건은 딴 사람한테 맡겨. 아니면 누구랑 같이 하든가. 내가 나서면 윤지홍이 눈치채니까 황 씨 정도가 적당하겠다."

"아니요. 다른 사람도 아니고, 그 형은 절대 안 돼요. 지홍이가 형을 보면 도망칠지 몰라요."

"막 힘쓸 만한 사람이 걔 말고 누가 더 있어? 김은성 사건이 겨우 잠잠해진 마당에 변변찮은 놈을 끌어들여서 수렁에 빠질 수는 없잖아. 네가 윤지홍을 거기로 데려가면 황 씨가 대기하고 있다가 그 자리에서 끝장내는 거지. 황 씨가 무식한 면이 없지 않아 있지만 순박하기도 하고, 일이 정해지면 끝까지 물고 늘어지는 똘끼가 있어서 같이하기 편할 거야. 무슨 말 하는지 알잖아."

지홍에게는 지난번 일 때문에 따로 할 말이 있다고 둘러댔다. 하지만 아무도 들으면 안 돼서 마을과 가까운 곳은 위험하다고, 가능하면 멤버들도 모르는 곳이면 좋겠다면서 아버지가 한때 소유해 지형이 익숙한 산으로 지홍을 데려갔다.

"사람들이 너 견제하는 건 알지? 일에 갑자기 끼어들어서 완전히 믿기가 그런가 봐."

"돈 문제야?"

"뭐, 그런 부분도 있고……. 암튼 여기에서 말하기가 그래."

어색해도 되는 상황이 그나마 다행이라는 생각이

들었다. 시간을 때우는 게 만만치 않았다. 버스를 타고 그곳을 가는 내내 할 말을 찾기 어려웠고, 그래서 전 학기에 수강한 수업에 대해 떠들며 한참 웃다가 그것도 할 말이 떨어지자 피곤한 척 좌석에 몸을 기대고 눈을 붙였다. 지홍은 누가 자신을 의심하느냐고 두어 번 더 묻다가 내가 잠이 든 것처럼 가늘게 코를 골았더니 포기하고 이어폰을 꼈다.

10여 분간 산길을 따라 걸었다. 한식과 명절이면 벌초나 성묘하느라 산길이라도 풀과 나무가 정리되어 깨끗한데 그것과 상관없는 3월 말이라 길은 풀이 우거지고 나뭇가지가 내려와 걷기가 여간 불편한 게 아니었다. 마치 복잡한 내 머릿속을 들여다보는 기분이었다. 지홍에게 돌아보지 말고 이곳에서 달아나라고 지금이라도 알려야 하나 아니면 이런 번뇌는 집어치우고 지홍과의 인연을 완전히 끝내야 하나. 돌연 억울하게 세상을 뜬 아버지가 떠올랐다. 나와 지홍도 일이 꼬이면 우리 아버지와 같은 운명으로 치닫게 될지 몰랐다. 이번에는 지홍에게 흔들리지 않겠다고 굳게 마음먹었으나 다짐은 힘을 발휘하지 못했다. 그러거나 말거나 지홍은 산행이 귀찮다는 표정으로 앞길을 방해하는 나뭇가지를 걷어내고 때로는 부러뜨리며 짜증을 표했다.

"야, 등산도 힘든데 그냥 여기에서 말하면 안 돼? 아무도 없잖아. 설마 사람이 하늘에서 뚝 떨어져서 시비 걸기야 하겠냐?"

"맞는 말인데 정말 거의 다 와서 그래. 100미터 아니, 50미터만 가면 우리 할아버지 산소거든. 산소는 묘지목으로 둘러 있어서 바로 옆으로 사람이 지나간 대도 안을 들여다보기 힘들어. 내가 심장이 많이 쫄려서 아무래도 안전한 곳이 낫겠어."

지홍이 나를 무시하는 태도에 화가 났으나 지금은 그 무시를 이용해야 할 것 같았다. 사실 미안한 마음이 커서 지홍이 성깔을 부려도 버틸 만했다. 도리어 괜히 그녀를 여기까지 끌어들였다는 자책에 아무렇지 않게 말을 잇기 어려웠다.

황 씨는 묘지목인 측백나무 뒤에 숨어 있었다. 숨어도 상반신이 보이는 덩치 큰 남자가 웅크려 있는 모습을 보자 웃음이 터져 이를 꽉 물었다. 그는 보호색으로 위장하려고 했는지 진녹색 상의에 황토색 하의를 입고 있었다. 순박은 모르겠고, 순진하다 못해 그 꼴이 우스워 하찮아 보였다. 황 씨를 흘끔대며 우리가 왔다는 걸 알아차리라고 헛기침을 냈다. 황 씨는 허리를 둥그렇게 굽히고 자신이 측백나무라도 된 양 꼼짝하지 않았다.

"여기보다 저기 나무 뒤가 낫겠다."

지홍의 팔에 손을 두르고 황 씨가 앉아 있는 측백나무 뒤로 천천히 걸었다. 스무 걸음도 안 되는 짧은 거리인데, 승무를 추듯 느리게 앞으로 나아가기를 주저했다. 그러자 지홍은 느린 걸음을 참지 못하고 내 팔목을 세게 붙들고 끌고 가다시피 앞장서 나무 뒤로 걸어갔다. 나는 벌어질 상황이 아찔해 막판까지 몸에 힘을 싣고 있었는데, 지홍이 힘껏 당기자 아프다고 외치다가 하마터면 지홍을 왜 불러냈는지 실토할 뻔했다. 우리가 나무 앞에서 승강이를 벌이고 있을 때 황 씨가 자리에서 일어섰다. 그는 소리 나지 않게 몸을 일으켜 삽시간에 지홍을 붙들어 끌어안았다. 그사이 나는 지홍에게 입막음용 테이프를 붙이고, 몸통과 팔을 묶은 다음 케이블 타이로 발목을 둘러 무릎을 꿇려 앉혔다.

우리는 곧장 일을 시작하지 않았다. 지홍은 목숨이 위태롭다고 여겼는지 공포에 휩싸여서 자신이 쓸 수 있는 온 힘을 다해 저항했으나, 나와 황 씨는 지홍을 없애는 일이 중요하나 촉박하게 할 일은 아니었기에 지홍을 움직이지 못하게 묶고는 할아버지 산소 앞에 앉아 숨을 골랐다. 실은 아직도 남아 있는, 정말이지 끈덕진 연민에 망설이고 있었다. 아니, 그건 연민이 아니라 자책이었는지 모르겠다. 괜히 이 집단에 지홍을 끼워 넣었다는, 혹은 지홍을 죽이려고 여기까지 데려왔다는 후회. 그래서 그녀를 다른 사람에게 넘겨 처참하게 죽게 하느니 내가 그나마 인간적으로 지홍이 세상을 마감하게 돕고 싶다는 알량한 양심과 그간 알고지낸 사람에 대한 측은지심까지 보태져서. 나는 마음을 정하지 못하고 계속 주저했다.

황 씨가 바지 뒷주머니에서 담배를 꺼내 물었다. 지홍은 밭은 숨을 몰아쉬었지만 더 이상 버티지 않았다. 포기했는지도 모르고 숨을 고르며 도망칠 기회를 엿보고 있는지도 몰랐다. 하긴 지금 상황에서 남자 둘을 뚫고 도망치는 건 빨리 죽여달라는 만용으로밖에 보이지 않아 크게 다쳐 고통을 느끼느니 저항을 포기하는 게 낫다고 판단했을지도. 나는 아무것도 할 수 없어 측백나무 뒤 할아버지 산소에 의미 없는 눈길을 두었다. 황 씨는 담배 두 대를 연거푸 태우고는 내 팔목을 잡아 산소 뒤편으로 끌고 갔다. 그는 산소 앞에 서서 지홍을 한참 노려보더니 검지를 입에 갖다 대고 여느 때보다 차갑게 말했다.

"우리가 무슨 조선 시대 망나니도 아니고, 나라고 칼춤 추는 것이 마냥 신나기만 하겠어? 씨발, 남이 들을까 봐 쪽팔린 소린데 지금도 누가 덮칠 것 같아 뒤지겠다고."

나는 어떤 반응도 하지 않고 잠자코 들었다. 황 씨와 얘기하려고 했으나 그가 눈이 마주칠 때마다 시선을 피해 일을 잘해보자고 꺼낸 말이 아니라는 짐작만 겨우 했다.

"아버지가 암에 걸려서 수술하느라 돈이 많이 필요했어. 그래서 지금껏 좆 같은 새끼한테 끌려다녔던 거고……. 근데 이제 나도 뭐가 뭔지 모르겠다. 누굴 더 죽여야 이 아사리판이 끝나는 거야? 그거라도 알면 그때까지만 버티면 되니까 이를 악물고 견뎌보지. 아니, 죽은 것처럼 엎어져 있기라도 하지. 접때도 채영 형이 저년을 불러서 우리가 하는 일 엿보게 했잖아. 곰곰이 생각하면 저년이 우리보다 항상 위였어. 지금도 그런 건가? 너도 혹시 저쪽 스파이는 아니지? 이건 뭐, 복수도 뭣도 아니고……. 서로 물고, 물리고 당최 아무도 믿을 수 없단 말이야. 여기에서 이 판을 끝내려면 내가 할 수 있는 건 둘 중 하나야. 계획대로 저년만 죽이거나 너랑 쟤, 둘 다 확 쓸어버리거나!"

놀라서 고개를 들었다. 그때 지홍을 불러낸 사람이 다른 누구도 아닌 채영 형이었다고? 절대 그럴 리가 없고, 그러면 안 되는 것이었다. 황 씨가 홧김에 뱉은 소리라고 해도 그딴 말은 듣고 싶지 않았다. 사람을 죽이려고 하니 겁먹고 하는 헛소리일 터였다. 채영

형은 오랫동안 나를 친동생이나 다름없다며 살뜰하게
챙겼다. 나를 믿는다고 깊은 눈매로 말하던 채영 형이
떠오르자 혼란스러웠다. 그렇게 오랜 시간 나를 속여
왔다니. 황 씨는 내 속이 어쨌거나 연신 욕설을 뱉으
며 자신의 처지를 비관했다. 등골이 서늘했다. 내가 채
영 형에게 철저히 속았던 거구나. 지홍이 어떻게 아무
도 없는 숲에 숨어들었는지, 지홍을 무리에 끼운다고
했을 때 채영 형이 믿을 수 없는 사람이라며 왜 반대
하지 않았는지 이상했는데 그 이유를 이제 깨달았다.
채영 형은 사람을 원래 믿지 않는다. 아버지의 끔찍한
죽음을 두고 채영 형이 했던 위로와 안타까워하며 껵
껵거리면서 울던 얼굴이 떠올라 돌아버릴 것 같았다.
멀쩡한 지홍을 산 채로 죽여야 하는 데에 정신이 팔려
서 황 씨가 갑자기 떠드는 말이, 그 말 같지도 않은 말
이 받아들여지지 않았다.

　다섯 시, 늦은 오후의 그림자가 길게 늘어졌다. 황
씨의 얼굴에 음영이 짙게 졌고, 그의 등 뒤로 비친 햇
빛 때문에 황 씨의 몸집이 더욱 거대해 보였다. 그가
어떻게 나올지 전혀 감이 안 왔다. 멤버 중 어떤 사람
인지 아는 게 가장 없는데 그에게 관심을 둔 적도 없
어 그의 말이 생경했다. 채영 형은 황 씨를 순박하다
고 표현했으나 지금의 일그러진 얼굴을 보면 순박보

다는 섬뜩함에 가까웠다. 순박에서 순진으로, 끝내 섬 찟과 섬뜩으로 바뀌었다. 황 씨가 하는 말에 머리가 하얘져 앞꿈치로 땅바닥만 계속해서 내리찍었다. 그 것밖에 할 게 없었다. 나와 지홍을 죽인다는 말도, 채 영 형이 우리를 내내 감시했었다는 말도 전부 미친 소 리처럼 들렸다.

"넌 말 잘 듣는 놈이니까, 이대로 죽어도 상관없 잖아?"

그가 바짝 다가서 나와 눈을 맞췄다. 분위기는 분명 히 섬찟한데 그와 다르게 그의 눈빛이 어딘지 쓸쓸해 보였다. 쓸쓸하다고 말하는 게 더 적확한 표현이 되려 나. 그도 나만큼 두려운 거였다. 딱히 떠오르는 건 없 고, 그의 처참한 얼굴을 보니 지홍을 죽이지는 않을 거란 생각에 안도가 들었다. 그리고 그가 나를 죽여서 얻을 것이 없다는 결론도 내렸다. 돈이 필요하다면 지 금이 아니라 내가 돈을 받은 후에 협박하는 게 나을 것이고, 나를 죽인다고 해도 우리가 한 짓은 사라지지 않는다. 나를 죽일 이유는 없다. 나는 대화가 답답해 시선을 피하고 고개만 내둘렀다.

"그런데 말이지. 나는 너도, 쟤도 죽일 맘이 손톱만 큼도 없거든. 물론 내가 억울하게 뒤지기는 더더욱 싫 지. 까놓고 말해서 쟤는 어디 한 군데만 부러뜨려서 아무 짓도 못 하게 등신 만들어버리면 되잖아. 얼어 죽을, 우리가 무슨 돈 받고 사람 죽이는 청부살인업자야? 나 지금껏 떳떳하게, 누구한테도 칼 맞을 짓은 안 하고 부끄럼 없이 살았다고! 사람을 내 손으로 죽인 일도 없었고!"

나는 다시 고개를 흔들었다. 그는 대체 무슨 말이 하고 싶은 걸까. 아니, 무슨 말이 듣고 싶은 걸까. 황 씨는 나지막이 입을 열었다가 청부살인업자라는 말에 목청을 한껏 높였다. 지홍도 그 말을 들었는지 나무 뒤에서 몸을 뒤척였다.

"그래서 어쩌려고요?"

"말했잖아. 둘 다 죽이든, 저년만 없애든. 아니면 이거 시킨, 채영이 그 개새끼한테 빌붙어서 평생 피 빨아먹고 굽신거리며 살든!"

두 번째로, 정확히 말하면 이미 두 번에 걸쳐 시도했으니 세 번째로 지홍에게 장도리를 겨눴다. 황 씨가 자신이 지홍을 처리하겠다고 나섰으나 나는 내가 하는 게 나을 거라며 말렸다. 그가 방금 한 말로 보아 지홍을 없애지는 않을 거라고 믿지만, 자칫 힘을 잘못 썼다간 살인에 이를 수 있었다. 죽음이 아니라도 치명적인 부상에 이르게 해 불구로 만들지 모른다. 지홍을 죽이려고 여기까지 끌고 온 내가 그녀가 다칠까 봐 걱정하는 꼴이 한심했다.

황 씨는 장도리는 거뒀으나 지홍에게 향한 화는 삭이지 못해 숨을 쌕쌕거리며 분노를 연신 표했다.

"난 처음부터 네가 맘에 안 들었어. 채영 형이 거기로 널 불러내지만 않았다면 이렇게 볼 일도 없었을 텐데. 너도 참, 젊은 장정 둘이 널 죽이려고 산속에서 죽치고 있고, 팔자 한번 사납다. 그런데 어쩌겠냐? 그렇게 태어난 불쌍한 인생인걸. 부모나 못난 네 팔자를 탓해야지. 아니면 죽기 전에 왜 이렇게 세상에 내났느냐고 하늘에 시원하게 욕하든. 내가 이럴 줄 알고, 우리 앞에서 알짱거리지 말고 얼씬도 하지 말라고 경고했잖아!"

지홍은 몸을 웅크린 채 오들오들 떨었다. 황 씨는 사방을 둘러본 다음 허리를 숙여 바닥을 더듬거렸다. 그는 장도리를 올려 지홍의 머리 위로 들었다. 그러곤 지홍의 머리를 연달아 때렸다. 지홍을 어떻게 죽여야 할지 내가 생각을 고르기 전에 황 씨가 일을 벌여 막을 틈이 없었다. 그에게 그나마 인간미가 있다고 기대했던 내가 지나치게 순진했다. 하긴 대학 동기를 죽이려고 산속까지 끌고 온 놈이, 어떻게 돌아가는지 상황 파악도 못 하고 채영 형이 시키는 대로 사람을 죽이려고 쫓아다닌 놈이 인간미를 운운할 계제는 아니지.

황 씨에게 달려들어 장도리를 빼앗아 들었다. 그리고 지홍을 살폈다. 지홍은 이마에 상처가 났으나, 크게 다치지 않았다. 이걸 다행이라고 해야 하나, 아쉽다고 해야 하나. 어떤 감정이 들어서 장도리를 뺏었느냐고 묻는다면 할 말은 없었다. 연민? 사랑? 혹은 우정이나 인간애? 하잘것없는 양심? 채영 형을 향한 끓어오르는 배신감? 물론 그 모든 것 때문이었지만, 나를 멈추게 한 진짜 이유는 두려움이었다. 그보다는 나를 압도하는 참기 어려운 공포심이었다.

나는 김은성을 살해할 때 무리 뒤에 숨어서 방관했을 뿐 실상 앞에 나선 적은 없었다. 아버지가 투기꾼들에게 죽임을 당하던 모습을 오래 잊지 못했다. 나는 그런 사람들에게 당하지 않으려고 나와 처지가 비슷한, 나를 방어할 수 있게 도울 무리에 섞여 아버지 자리로 들어간 것뿐이었다. 그렇다고 살해 무리에게 복수하려고 앙심을 품었거나 내가 벌인 일도 아닌데 범죄에 얽혀 살해당하고 싶은 마음은 추호도 없었다. 그렇게 있는 듯 없는 듯 지내야 거친 세상에서 살아남는다고 어려서부터 배웠다. 나와 비슷한 형편의 무리니까 나를 도울 거라고 어설프게 기대했다.

그런데 아이러니하게 내가 살해 무리에 크게 공헌

했다. 지홍을 합류시켜 김은성의 살해를 수월하게 했으니까. 친동생처럼 나를 아낀다고 채형 형이 말했을 때 고마워 몸 둘 바 몰랐는데, 실은 그가 나를 도구 삼아 살해 무리를 끌어가고 있었다니, 어처구니없었다. 그렇다면 나는 살인자인가? 아니면 피치 못해 무리에 끌려다닌 아둔한 방조자인가?

지홍의 머리에서 피가 흐르기 시작했다. 포기한 것처럼 몸을 늘어뜨렸던 지홍이 다시 살아나 움직였다. 나는 황 씨의 손목을 그러쥐었다.

"이건 아까 말한 것과 다르잖아요!"

흥분해 소리치며 주먹을 휘두르는 듯 황 씨에게 팔을 뻗어 항의했다. 황 씨가 장도리를 마침내 내려놓았다. 그를 노려보고는 장도리를 바로 쥐고서 지홍의 앞에 쪼그려 앉았다. 내가 지홍을 살릴 방법은 아무리 고민해도 이것밖에 없었다.

"마지막으로 한 번만 더 물을게. 알아들었으면 고개를 끄덕여."

지홍은 머리에 피가 흐르는 채로 힘겹게 고개를 움직였다. 공포에 흔들리는 눈동자, 가빠진 숨, 눈에 보일 정도로 심하게 떨리는 몸통. 지홍의 이런 모습을 본 적이 있었던가. 너무도 생소한 모습과 초라한 몸짓에 현실감을 느낄 수 없었다. 그건 두려움이나 공포가

아닌, 다만 생존을 위한 그것도 지홍이 아닌 나의 절
망에 찬 비관을 지홍을 통해서 본 거였다. 이런 일에
빠져들었다간 다른 사람을 더 해칠지 모르고, 종국에
는 내가 그 덫에 갇혀 죽을 수도 있다는, 그래서 어떻
게든 굴레에서 벗어나야 한다는 끝에 몰린 절박함이
었다. 나는 내게 묻고 싶은 걸 지홍에게 대신 물었다.

"살고 싶어?"

지홍은 몸을 기우뚱 기울여 살고 싶다고 웅얼거렸
다. 무슨 말인지 들리지 않지만 거친 숨이 분명히 그
렇게 말하고 있었다.

"그럼 죽어. 그리고 살아. 아니, 여기에서 제발 꺼져
버리라고! 죽을 때까지 우리 일 궁금해하지 말고, 살
아 있다는 자체도 아무한테 들키지 마. 안 그랬다간
너, 진짜 죽어."

장도리를 다시 쥐었다. 장도리 자루를 똑바로 붙잡
고 장도리 머리를 지홍의 머리에 조준했다. 이번엔 황
씨가 나를 막아섰다. 여기까지 오게 해놓고 왜 아무
짓도 못 하게 가로막는데! 황 씨를 밀치고는 힘을 조
절하며 지홍을 향해 장도리를 내렸다. 제발 지홍이 그
대로 죽길, 아니 죽지는 않고 몸이 망가져서 더는 아
무것도 꿈꾸지 못하길. 더 이상 우리 눈에 띄지 않길
바라며 상황에 어울리지 않지만, 지홍이 바라는 대로

살아가길 빌며 그녀의 머리를 장도리로 힘겹게 내리쳤다. 제발, 죽지만 말고 어떻게든 살아라.

　이걸로 지홍과의 인연은 끝났다. 지홍을 조준한 장도리는 어쩌면 그 무리를 향한, 나를 배신한 채영 형을 향한, 그리고 나 자신에게 하는 마지막 경고였는지 모른다.

2024
깊은 잠

    간호사에게 검진 차트를 빼앗듯 받아 들고 내시경실을 나왔다. 다 끝났다는 후련함에 뭉친 어깨가 풀리고 있었다. 어지러운 기운이 사라진 건 아니었으나 이곳을 빠져나가야 한다는 강박에 숨이 차올랐다. 급히 고개를 흔들어 정신을 깨웠다. 눈을 감고 머리를 흔드는 사이 승훈의 얼굴이 다시 나타났다. 답답한 지금의 상황에서 벗어나려면 서두르는 수밖에 없다.

    검진 차트를 접수창구에 넘기고 옷을 갈아입은 뒤 집에 돌아가면 승훈과의 대치도 끝날 것이다. 접수창구가 어디인지 두리번거렸다. 약 기운이 돌아 주변을 둘러봐도 방향이 헷갈렸다. 고개를 돌리다 생각해보니 산부인과에서 추가로 한 조직 검사 비용을 계산해야 했다. 그래 봤자 몇 분 지체할 거고, 그사이 승훈을 만날 가능성은 크지 않을 것이다. 사소한 것에 조급해하지 말자. 승훈을 마주쳐도 딱히 달라질 것도 없다. 그와 같이했던 시간을 떠올리려고 하면 할수록 기억은 뒤엉켜 대학 연극에서 내가 했던 대사만 입가에 맴돌았다. "그딴 게 뭐가 중요해? 지금이 즐길 시간이라는 게 신나는 거지!"

하잘것없는 문제로 고민하는 지금이 짜증스러워 입에 떠도는 대사를 중얼대며 거친 숨을 골라냈다.

"윤지홍 님, 죄송한데 내시경 검사 결과를 안 듣고 가셨어요. 결과는 우편으로 보내드리지만, 방금 검사한 거라 영상을 직접 확인할 수 있으니 보고 가시는 게 나을 것 같은데요."

"나온 거라도 있어요?"

"잘은 모르지만 선생님께서 잡지 않으신 걸 보면, 심각한 건 아닐 거예요. 들어가시면 자세히 설명해주실 거예요."

의사는 위장을 촬영한 영상을 모니터에 띄우며 위축성 위염과 역류성 식도염이 있다면서 수면과 식단에 더 신경 쓰는 게 좋겠다고 말했다.

"직장인에게 흔한 증상이죠. 커피와 술은 줄이시고 맵거나 짠 음식은 되도록 멀리하시고, 세 끼를 꼭 챙길 필요는 없지만 처방한 약을 드시면서 규칙적으로 식사하시면 호전될 겁니다. 스트레스는 절대 받으면 안 되고요."

작년에도 비슷한 말을 들은 거 같은데 빤한 얘기를 또 듣는다는 생각에 시간만 허비했구나 싶었다. 고개를 대강 끄덕이고는 검진 차트를 받아 검진실을 나왔다. 간호사가 다시 불렀다.

"아까 빨리 나가셔서 말씀을 못 드렸어요. 스트레스 측정 검사와 치과 검사가 남았거든요. 치과 검진을 먼저 보시고, 스트레스 측정 검사실로 이동하면 금방 끝날 거예요. 그리고 이건 역류성 식도염 치료제 처방전이에요. 1층에 약국이 있으니까 꼭 받아 가세요."

스트레스를 측정하기 위해 검사실에서 준 간이 문진표를 작성한 뒤 검지를 기계에 넣고 3분간 심박 변이도를 체크했다. 검사 도중 움직이지 말라는 건 MRI 검사와 비슷했으나 검사 시간이 짧고 검진실이 트인 공간이라 호흡이 답답하지 않았다. 치과 검진은 잇몸이 붓거나 이가 시린 불편한 증상이 있는지 묻고 입안을 살핀 뒤에 끝났다. 내시경실에서 간호사가 말한 것처럼 두 가지 검사는 간단했고, 기다리는 사람이 없어 두 개를 다 마친 시간이 15분이 채 걸리지 않았다. 정말이지 거의 끝나간다. 이젠 옷을 갈아입고, 수납 창구에서 조직 검사 비용만 계산하면 이곳에서 벗어난다.

긴장이 풀려 잔뜩 올라갔던 어깨가 느슨하게 내려왔다. 지나간 대학 동기가 뭐라고 마주칠까 봐 내내 조마조마했을까. 떠올려보면 나를 좋아했던 사람은 승훈이었고, 그 별거 아닌 승훈과의 인연을 잘라낸 건 바로 나였다. 그런데 이상하게 마음이 조여왔다. 중요한 무엇을 빠뜨린 것 같은 찝찝함이랄까.

완료한 검진 차트를 들고 탈의실 열쇠를 받으러 접수창구로 향했다. 내내 승훈을 경계하고, 수면 검사까지 받느라 몸은 노곤한데 드디어 이곳에서 나간다는 해방감에 걸음이 가벼웠다. 슬리퍼를 신은 발걸음이 스니커즈를 신은 거처럼 가뿐했다. 검진 센터에서 나가면 아무도 없는 집으로 돌아가야 하고, 내일은 회사에 출근해 재욱과 거북하게 마주해야 해서 기분이 더러운데 입안에는 어울리지 않게 허밍이 맴돌았다. 나는 뛰다시피 빠르게 걸었다.

하지만 얼마 못 가 그와 또 마주치고 말았다. 화장실을 다녀와 접수창구로 걸음을 옮기려는 찰나 옅은 파란색 검진복을 입고 나를 빤히 응시하고 있는 승훈을 미처 피하지 못했다. 그는 옅은 파란색 검진복과 옅은 초록색 검진복 사이에서 다른 색을 내는 것처럼 우뚝 서 있었다. 똑바로 마주보기 꺼려져 눈길을 피했으나, 그가 웃고 있는 게 보였다. 나는 옆구리에 검진 차트를 낀 채 뒷걸음질 쳤다. 승훈의 뒤로 리더와 황 씨, 사람들이 보였고, 승훈의 손에 들린 장도리와 단도가 빛을 모아 점점 선명해지며 날카롭게 번뜩였다. 또다시 시작된 환각인가. 허공에 대고 나조차 알아들을 수 없는 말을 주절거렸다.

승훈이 검진자들을 헤치고 내 쪽으로 성큼 다가왔다. 그는 팔을 들어 나를 가리키고는 무슨 말인가를 뱉었다. 내 이름을 부르는 것 같기도 하고, 그때 일을 말하는 것 같기도 한. 하지만 절대 되새기고 싶지 않은, 감추고 살았던 기억을 제멋대로 떠드는 것 같았다. 듣고 싶지 않았다. 더 들었다간 그들에게 붙잡혀 목이 졸릴지 모른다. 그래, 내가 저들의 손에 죽을 수도 있다. 승훈과 그 시절로부터 얼른 도망쳐야 했다. 하지만 몇 걸음을 떼지 못하고 그 자리에 얼어붙고 말았다. 승훈은 계속해서 알아들을 수는 없는 얘기를, 아니 잘 알아들을 것 같은 일을 목소리 높여 떠벌렸다. 그의 손끝에 내 얼굴이 닿았다.

비로소, 깊은 잠에서 깨어났다. 눈을 감아도 생생히 떠오르는 장면, 또렷해진 기억에 소스라쳤다.

2024
당신의 자리

나는 끝내 도망치고 말았다. 옅은 파란색 검진복을 입고, 검진 센터에서 내내 신고 다니던 슬리퍼를 끌고 밖으로 뛰쳐나갔다. 누군가 뒤에서 나를 부르는 것 같지만 무슨 소리를 하는지 하나도 들리지 않았다. 다만 그가 나를 쫓지 않길, 쫓아오는 사람이 부디 승훈이 아니길 바랄 뿐이었다. 너희들이 나한테 눈에 띄면 죽여버린다고 협박했잖아!

건강검진 센터에서 승훈과 우연히 마주쳤다. 놀랍게도 나는 그를 한참 동안 알아보지 못했다. 그를 안보고 산 지가 어언 10년이 흘렀다. 시간이 오래 지나서였을까. 아니면 과거가 끔찍해서 기억을 통째로 지워버린 걸까. 승훈을 보자 나도 모르게 달아났다. 혹시라도 내가 피하고 싶은 그때 일을 그가 소리 내서 따질까 봐, 그래서 지독한 과거가 되살아날까 봐, 지금의 내 모습은 진짜가 아니라며 그 사람들이 떼로 몰려와 모질게 발길질할까 봐 두려웠다. 충분히 그들은 그럴 수 있는 작자였으니까.

그런데도 승훈을 알아보지 못한 건 충격이었다. 나를 처참하게 죽이려 했던 승훈과 그 무리를 어떻게 잊을 수 있을까. 검진 센터를 빠져나오자 승훈에게서 도망치며 그동안 까맣게 잊고 살아온 것들이 하나둘 깨어나 널뛰었다. 이따금 보였던 환영과 악몽은 불행히 사실이었다. 너무도 선명하게 떠오르는, 과거에 실제 벌어졌던 사건. 나는 멀쩡하게 현재를 살기 위해 과거를 거부했고, 쓰린 기억을 어떻게든 차단하려고 애썼다. 그때와 그 사람들을 철저히 외면하고 싶었다. 그렇게 평온을 가장하며 살아왔다.

정말 그 시간을 완벽하게 잊고 지냈던 걸까. 아니면 확실히 잊어야지 현재를 살아낼 수 있다고 믿었을까. 그리고 그때, 승훈이 아닌 재욱을 향해 달려간 건 정말이지 이해가 안 가는 선택이었다.

*

택시에 올랐다. 검진복을 입고 검진 센터의 슬리퍼를 신은 나를 보고 빈 택시들이 지나쳤지만 우는 것 같은 뭔가 사연이 있어 보이는 모습에 택시 한 대가 도로에 멈춰 섰다. 택시 기사가 목적지를 묻기 전에 내가 먼저 말했다.

"서초동 H 팰리스로 가주세요. 그런데 기사님, 제가 병원에서 전화 받고 급히 나오는 바람에 지갑이랑 핸드폰을 두고 왔거든요. 핸드폰을 빌려주시면 회사에 연락해서 택시비를 바로 입금하라고 할게요."

택시 기사는 차를 갓길에 대고 룸미러로 나를 쳐다봤다. 환자복 같은 검진복을 입고 맨발로 차에 오른 사람을 정상으로 보기란 어려울 터였다. 의심스러운 표정, 그의 얼굴에서 어떤 이의 눈과 입이 동시에 떠올랐다. 나를 건강검진 센터에서부터 쫓던 승훈의 눈과 회사에서 나를 몰아내려 했던 재욱의 입이 한 얼굴로 포개어졌다. 그 괴상한 얼굴은 한 사람으로 합쳐져 내게 다가들고 있었다.

나는 대학 때 했던 연극의 샐리가 되어, 방금 해제된 기억 속에서 승훈과 그 무리가 함께했던 범행과 죽어가던 엄마의 기억까지 끄집어내며 그에 비하면 지금은 아무것도 아니라고 마음을 돌리고는 하찮은 연극을 시작했다. 죽은 듯 묻어두고 지냈던 시간을 끌어내야 모든 게 제자리로 돌아올 것이었다. 돌릴 수 있는 시간이 엄마의 죽음을 모른 척한 것과 승훈의 무리와 같이 저지른 살인은 아니지만, 인생이 꼬인 건 그 두 가지 사건부터가 분명했다. 너무 늦었으나 지금이라도 바로잡아야 앞으로 더 무너지는 걸 막을 것이다. 복잡한 상황에 어지러워 고개를 숙이고 울먹였다.

"저희 엄마가 집에 안 계셔서 회사에 부탁해야 하는데 지금 제가…… 죄송하지만, 전화 한 통만 쓸게요. 회사 직원이랑 통화하려고요. 기사님께 입금이 안 되면 택시에서 바로 내리겠습니다."

무작정 차에 오른 거라 오래전에 헤어진 엄마의 사정을 꾸며내는 건 고역이었다. 그저 말을 아껴 택시 기사가 알아서 상상하게 내버려두는 게 최선이었다. 그런데 세상에 없는 엄마라니, 아직도 상상하거나 꿈속에서 마주쳐도 진절머리가 나는 얼굴인데, 갑자기 튀어나온 말에 당황했다.

택시 기사는 내가 고개를 숙이고 말을 잇지 못하자 내게 자신의 핸드폰을 내주었다. 나는 우리 팀 직원에게 전화를 걸어 평소에 한 적 없는 사정을 했다. 사무실을 같이 쓰는 동료에게 몇만 원 정도 신세 지는 건 무리가 아닐 터였다.

기사는 자신의 계좌에 택시 요금이 들어온 것을 확인하고, 재욱의 아파트로 차를 몰았다.

마지막이라는 각오로 재욱의 집을 방문했다. 처음으로 그의 허락을 받지 않고 재욱의 현관문 패스워드를 입력했다.

재욱의 심부름으로 그의 아파트에 종종 들렀다. 서재의 책상 서랍을 뒤져 인감도장을 찾아 부동산 중개소에 있는 재욱에게 가져다주었고, 노트북에서 파일을 검색해 재욱의 메일로 보내달라는 부탁을 처리한적도 있었다. 재욱이 해외로 출장을 갈 때는 행운의계약 신발이라고 부르는 갈색 구두를 상자째 포장해공항에서 기다리는 재욱에게 퀵서비스로 보냈다. 그래서 재욱의 아파트 비밀번호가 머릿속에 있었고, 아파트의 구조나 물건이 있는 위치, 하물며 그의 노트북에 무엇이 저장되어 있는지 대강 꿰고 있었다. 이틀 전까지만 해도 나는 재욱이 나를 진심으로 믿어 비밀도나눈다고 생각했었다.

거실 가운데에 서서 사방을 둘러보았다. 공간이 지독히 낯설어 한기가 들었다. 자주 오는 곳인데도 남의 집에 몰래 들어왔다는 불안에 더럭 겁이 났다. 정말남의 집이라 껄끄러운 걸까. 아니면 이래 봤자 그의어떤 것도 건드릴 수 없다는 사실이 새삼 역겨운 걸까. 입고 있는 검진복과 발가락이 툭 튀어나온 슬리퍼가 내가 왜 여기에 있는지 알려줘 가까스로 평정을 찾왔다.

재욱은 아파트를 크게 세 부분으로 나누어 사용했
다. 하나는 침실 겸 거실 겸 주방이었고, 다른 하나는
욕실 겸 화장실, 마지막 공간은 그의 작업실인 서재
다. 원래는 거실에 방 하나가 딸린 독신자를 위한 아
파트인데, 그는 거실을 침실로 활용해 방이 두 개인
것처럼 썼다. 주방은 거실과 같은 공간에 있으나 음식
을 하지 않아 그곳에 놓인 냉장고와 싱크대가 마치 콘
도에 구색을 갖추려고 설치한 인테리어 집기처럼 보
였다. 싱크대 위에는 반자동 커피 머신과 전자레인지
가 있고, 싱크대 찬장에는 고급 찻잔 세트 두 조와 1
인용 식기가 올려졌으며 그 아래 두 열의 와인 잔 거
치대에는 세 종류의 잔이 여섯 개 걸려 있다. 식탁도
없으면서 고급 레스토랑에나 있을 법한 다이닝 체어
가 싱크대 앞에 두 개 놓였고, 서재에는 생뚱맞게 와
인과 위스키가 스무 병 넘게 채워진 와인셀러가 자리
잡았다. 한강이 잘 내다보이는 거실 창 앞에는 재욱이
가끔 누워 쉬는 리클라이너 소파가 설치되었다.

거실을 건성으로 훑어본 뒤 서재로 향했다. 노트북
의 전원을 켜고 기억을 찬찬히 되감았다. 노트북의 수
많은 파일, 그 파일이 나를 여기로 이끈 이유가 될 터

였다. 노트북에는 회사 컴퓨터나 어쩌다 분실해 누군가에게 유출될지 모를 그의 핸드폰에 없는, 지극히 사적이고 외부에 꺼내 보이기 난감한 것들이 저장되었다. 나는 재욱이 보내라는 파일을 찾다가 우연히 여러 디렉터리를 들여다보았고, 그 안에서 '정리, 보충, 완성'이라는 카테고리를 찾아 재욱이 부탁한 자료가 어디에 있는지 뒤졌다.

'정리'는 재욱이 현재 하는 업무를 검토한 자료를 모아놓은 곳이었다. 그가 급하게 보내 달라고 요청한 자료들이 담긴 디렉터리였다. 보안이라고 말할 수는 없으나 그의 방식으로 정리한 자료는 그가 아니면 알아보기 힘들고, 보고서나 결재문 형식이 아니라서 그 자체로는 공식 문서로 활용하기에 곤란했다. 자료에 쓰인 수치와 데이터는 재욱이 중요하다고 생각하는 것을 요약하거나 메모한 것이나 설사 이것이 공개된다 해도 별 의미 없는 거라고 잡아뗄 수 있는 것들이었다. 그와 가까이에서 업무를 보는 나도 반 이상은 해석할 수 없는, 그만의 비밀 병기 같은 자료였다.

'완성'은 말 그대로 재욱이 그간 해온 업무 중에 성공적이라고 부를 수 있는 것을 일목요연하게 정리한 디렉터리였다. 그것을 내놓는 것만으로 재욱의 능력이 보이고, 성과가 탁월한 실적만 골라서 그가 회사

매출이 오르는 데 얼마나 애를 쓰고 공헌했는지 드러나는, 어쩌면 결과 보고서라기보다는 재욱의 개인 포트폴리오에 가까웠다. 사실 '완성'에 저장한 자료는 나도 익히 아는 내용이 많아 놀랍지 않았다. 다만 성과를 증빙하는 자료가 사소한 것에서부터 최종 결과물까지 세심하게 분류되어 그의 집요함에 배신감이 들 따름이었다. 내가 한 것도, 팀원들이 한 것도 전부 자신이 한 것으로 포장해 자료를 닫고 나면 착잡해져 그가 부탁한 게 무엇이었는지 잊어버리곤 했다.

어쨌거나 가장 주의를 기울여 들여다본 건 '보충' 디렉터리였다. 디렉터리명과 가장 동떨어진 자료를 저장한, 이를테면 몇 년 전 재욱이 작성해 여러 직원을 애먹였던 경영 자료 같은 것을 모아놓은 곳이었다. 그곳에 저장한 자료는 복잡한 함수와 매크로 기능을 많이 섞었는데 이는 경영 자료뿐 아니라 중요한 수치를 관리하는 다른 파일도 업무 담당자가 아니면 들여다봐도 해석이 힘들고, 수정하기 까다로웠다. 엑셀이 아니라도 워드나 파워포인트, 심지어 동영상 자료도 중요한 내용을 보려면 암호 같은 수식을 먼저 풀어야 했다. 물론 경영진에게 보고할 내용은 PDF로 읽기 편하게 문서를 변환했다. 하지만 PDF는 읽기 전용으로 작성해서 경영진들은 원본 문서가 어땠는지 수정 사항을 확인할 수 없어 문서의 이력을 추적하는 게 불가능했다.

어떻게 빼돌렸는지 모를 다른 부서와 경쟁 회사의 기밀이 적힌 대외비 문서, 임원급 직원들의 범죄 이력과 난잡한 사생활을 정리한 자료, 그들의 재산과 친인척 정보 등등. 우습게도 그 디렉터리 안에는 알 수 없는 국적의 인물이 나오는 포르노물도 여러 개 보였다. '보충'이라는 카테고리와 안 맞는다는 생각이 들면서도 그가 보충할 것에 이런 것도 포함된다 생각하니 그의 진중한 얼굴이 떠오르면서 교양 있는 척 부리는 허세가 꼴 같잖아 실없는 웃음이 터졌다. 그러다 그 순간이 갑자기 떠올랐다. 재욱이 내가 영업 대상에게 성폭력을 당하던 모습을 몰래 찍던 때가. 맞다. 그는 그런 사람이다. 내가 무엇을 해야 할지 마침내 알 거 같아 뜨거운 숨이 엉켜 골라지지 않았다. 이럴 때일수록 정신을 차려야 한다.

'보충' 디렉터리에서 패스워드로 잠가 열 수 없던 파일 '사월.xls'에 집중했다. 나는 재욱의 심부름을 하러 그의 집에 들를 때마다 그 파일을 여는 데에 공을 들였다. 재욱의 생일, 전화번호는 당연히 아니라고 생각하면서도 혹시나 하는 마음에 눌렀고, 인내심을 갖고 사번과 구내 전화번호, 아파트 현관 비밀번호를 패스워드로 입력했다. 0000, 1111, 1234, abcd 같은 터무니없는 숫자와 문자도 집어넣었으나 파일은 열리지 않았다. 포르노물 같은 의미 없는 것일지 모른다는 생각에 포기하려고도 했으나 포르노물이 쉽게 열리는 걸 보면 그런 건 아니라는 확신에 그와 연관성이 없는 숫자와 글자를 조합해서 넣었지만, 소용없었다. 왜일까. 그 문서를 여는 게 재욱의 실체를 마주할 기회라고 집착하며 매달렸던 건. 비밀번호로 쓰일지 모를 재욱의 가족과 관계한 정보를 빼낼 수 있다면 얼마간의 대가를 치를 용의도 있었다.

오늘은 기필코, 보안으로 묶인 자료를 풀겠다며 다짐하고는 숨을 눌러 쉬었다. 오늘이 지나면 이곳에 들를 일도, 이유도 없어지니 마지막 안간힘일지 모른다. 이미 여러 번에 걸쳐 실패했으나 미련이 남아 전에 입력한 숫자를 비밀번호로 다시 넣었다. 그동안 패스워드를 바꾸지는 않았을 텐데, 대체 무엇일까. 한 시간 넘게 매달렸으나 파일은 도통 열리지 않았다.

재욱이 언제 들이닥칠지 몰라 심장이 거세게 뛰었고, 한꺼번에 에너지를 쓴 탓에 기운이 달려 욕지기마저 나오지 않았다. 악, 하고 소리치며 노트북을 높이 들어 올렸다가 이것까지 망가뜨리면 최악으로 치달을 수 있다는 생각에 내려놓았다. 이런 것에 연연하는 상황에 화가 났고, 이런 방법밖에 없다는 사실이 구차해 순식간에 의욕이 꺼졌다. 정말이지 포기하기 직전이었다. 될 대로 되라는 심정으로 핸드폰 끝 네 자리와 내 생일을 같이 집어넣었다. 보안 규정이 약한 사이트에 사용하는 개인정보로 만든 패스워드였다. 재욱에게는 1111이나 가나다라 같은 의미 없는 글자의 나열일 터였다. 절대 열리지 않을 거라는 생각에도 손가락을 번잡하게 움직였다. 하는 꼴이 심란해서 여기가 어디지? 하는데 갑자기 시야가 어둑해졌다. 그리고 파일이 열렸다! 설마 그럴 리 없다고 흥분을 가라앉히며 다시 시도했고, 파일이 또다시 열렸다.

나조차 나와 그의 관계를 의심하지 않는데, 어느 누가 재욱이 내 생일을 패스워드로 쓸 거라고 상상할 수 있을까. 내 용도가 이렇다니 화가 나야 맞는데, 오래 고민하고 수백 번 넘게 시도한 거라 순간 환호성이 터졌다. 하지만 이런 것을 뒤지는 현실이 한심해 그도 나도 안타깝다는 생각이 들었다.

'사월.xls'를 열고 내용이 눈에 들어오지 않아 화면을 한참 들여다봤다. 자료는 행과 열에 대한 항목은 정의하지 않고, 엑셀을 선이 안 보이는 표로 활용했다. 사람 이름이나 회사명으로 추정되는 두세 글자 옆에는 숫자가 적혔고, 그 우측으로 날짜 형식의 숫자, 그리고 그 옆 열에는 메모를 남겼다. 평소 재욱이 엑셀을 다루는 실력을 생각하면 항목에 대한 정의가 없고, 보기 편한 서식으로 만들려는 노력도 보이지 않아 이게 과연 그가 작성했는지 판단이 어려웠다. 그러다 이 또한 그가 생각해낸 교묘한 트릭일지 모른다는 의심이 들었다.

"이렇게 허접한 걸 내가 만들었다고? 미쳤어? 기가 차서 말도 안 나온다. 누가 작성했는지 모르지만, 사람을 몰아세우려고 참……. 그래도 그렇지, 어떻게 나 같은 사람이 이렇게 조잡하게."

대답할 가치도 없다면서 고개를 세차게 내두를 재욱의 모습이 그려졌다.

	A	B	C	D
1	세영	90	2013. 02 ~	BMW, 머스탱 월
2	쌕쌕	300	2015. 11.	히노끼
3	수사	300	2017. ~	드비알레 등
4	조대	5000	2018. ~	부르고뉴, 맥캘란 등
			......	
77	문건	400	2019. 01 ~ 2025. 09.	윤홍 월
78	범상	3000	2022. 11.	임스 리클라이너
79	빌리브	9000+	2025. 5.	책, 미정 +

엑셀에 남긴 일흔아홉 개의 리스트는 재욱에게 의미 있는 내용일 테다. 하지만 다른 사람에게 공개할 수 없는, 언젠가 유용하게 사용할지 모를 비밀스러운 기록. 불행히 그중 내가 해석할 수 있는 건 스무 개 남짓에 지나지 않았다.

자리에서 일어나 재욱의 공간을 더욱 꼼꼼히 살폈다. 그러고 보니 작은 아파트에 어울리지 않은 물건이 여럿 보였다. 나는 지금까지 왜 그의 집이 이상하다고 생각하지 않았을까. 좁은 공간에 맞지 않게 지나치게 고사양인 드비알레 스피커와 1인용 리클라이너 소파. 서재에 놓기에는 무척 안 어울리는 고급 와인셀러. 부르고뉴와 맥캘란은 아마도 와인셀러에 들여놓은 술을 말할 것이다. 머스탱 월은 재욱이 요즘 세컨드 카로 몰고 다니는 차의 월 렌탈 비용을 말하는지 모른다. 그리고 77번 행의 400과 윤홍 월⋯⋯. '문건'이라고 쓰인 첫 열은 이름 혹은 상호로 짐작되나 메모로 남긴 윤홍 월은 이름이나 회사명은 아닌 것 같았다. 그렇다면 윤홍 월은 무엇을 이르는 걸까. 별 게 아닐지 모르지만 내 이름과 비슷한 윤홍과 그 옆의 날짜를 무시할 수 없었다.

2019년 1월, 재욱에게 무슨 일이 있었지? 회사에서 진행했던 프로젝트인가? 아니면 비밀리에 추진 중인 어떤 사업? 재욱은 기밀이나 비밀이 종종 있어 내가 아는 것만으로 그가 한 일을 모두 추적하기 힘들었다. 재욱의 주변을 생각했다. 곰곰이 떠올리니 지금 내가 사는 아파트에 입주한 즈음인 것도 같은데……. 월세를 처음으로 내기 시작한 때이기도 했다. 그렇다면 이건 재욱이 아닌 나를 말하고 있나? 윤홍 월은 자료 상단의 머스탱 월처럼 내 이름 윤지홍과 월세의 월을 붙인 줄임말인지도 모른다. 어쭙잖은 추측이 맞는다면 이건 재욱이 내가 사는 아파트에 월세의 일정액을 5년 동안 보조하기로 한 금액일지도. 시답잖은, 켕기는 심부름을 한 사례로 재욱이 내게 약속한 수고비였다. 내가 오십만 원을 월세로 내고 있으니 재욱은 문건으로부터 받은 사백만 원 중 이백만 원은 내게, 나머지는 다른 용도로 사용하고 있는지도 모르겠다. 남의 집에 들어와 이딴 걸 들여다보는 것이 참담하면서 추측이 맞을 것만 같아 생각이 그쪽으로 더 기울었다.

별안간 재욱이 그간 공개하지 않은 비자금, 혹은 감추고 싶던 비밀이 어떤 것인지, 이 파일이 무엇인지가 과거에 있던 일과 맞물리며 상황을 유추하게 했다.

이미 지나갔거나 현재 진행 중인 일에 대한 기록. 재욱이 정리한 리스트는 그가 어떤 사람인지 드러냈고,

그가 내 삶에 무슨 영향을 미쳤는지 다소간 보여주었다. 나는 재욱이 드비알레 스피커를 통해 틀어준 음악을 그의 리클라이너에 올라앉아 감상했고, 풍미가 좋고 넘김이 부드러운 프랑스산 와인을 와인셀러에서 꺼내어 재욱과 함께 취했으며, 늦은 밤에 그가 모는 스포츠카를 타고 잠수교를 달렸다. 거기에 지금 사는 집의 월세도 그에게 지원받고 있었다. 어떻게 지금의 일상이 꾸려졌는지 모르면서 이런 삶도 버티면 나쁘지 않다고 만족했다. 그 이상은 내가 관여할 것도, 고민할 것도 아니라고 흘려버렸으니까. 그런 것에 일일이 따지고 들면 재욱과 같이하기 어려울 거라고 상황을 정리했다. 다만 나는 미래의 나를 위해 일하는 것이며 재욱에게 휘둘리는 것은 손해를 보는 것 같지만, 일종의 투자라고 생각했다.

이따금 스스로 물었다. 재욱이 내게 펼쳐준 걸 포기하고 불편함 없이 살아갈 수 있을까. 리클라이너 소파에 몸을 기대고 몸을 가누지 못하는 것처럼 웅크렸다. 오디오를 틀지 않았는데도 스피커에서 욥 베빙의 〈Sleeping Lotus〉가 귓가에 울려 어지럽게 퍼졌다. 나는 절대 닿을 수 없는 한낱 아무것도 아닌 꿈을 오래간 꾸었던 걸까. 아찔한 현기증에 몸이 흔들려 진정하려고 똑바로 누워 머리를 뒤로 젖혔다.

긴 숨을 연거푸 쉬었다. 재욱의 공간에 나의 깊은숨과 냉장고, 와인셀러가 돌아가는 소음이 섞여 정신이 더욱 산란했다. 내 처지가 어떻든 몸에 남은 것을 토해내고 싶었다.

일어나 노트북 앞으로 돌아갔다. 남의 집에 들어와 자기연민에 빠지는 게 한심했다. 나는 그렇게 나약한 인간이 아니다. 절대로 약해져서는 안 되었다. 엑셀 파일의 속성을 누르자 며칠 전 재욱이 수정한 기록과 방금 내가 액세스한 흔적이 남아 있었다. 액세스한 날짜가 속성에 남아 거슬렸으나 그가 그간 이런 걸 문제삼은 적이 없었다는 사실에 걱정을 거뒀다. 영민하지만 우둔한 놈, 완벽한 듯 보이나 알고 보면 등잔 밑도 의심할 줄 모르는 허술한 인간. 그를 속으로 비웃다가 그건 나도 마찬가지란 생각에 웃음을 거뒀다.

재욱이 나중에 내가 자료를 빼돌린 사실을 알아차려도 그가 일을 수습할 때는 자료가 다른 이에게 공개된 뒤라 벌어진 일을 되돌리기 어렵다. 만약 내가 이것을 외부에 공개한 사실까지 그가 추적한다고 해도 파일은 액세스한 마지막 기록만 남아 따질 거리가 사라진 뒤일 것이다. 나는 그가 작성한 파일을 수정하지 않을 거라서 내가 남긴 기록은 없을 테고, 재욱이 파일을 연 기록이 마지막 속성으로 얌전히 남게 될 것이다. 문득 지금 벌이는 일을 재욱이 촬영하고 있을지도 모른다는 생각이 들어 주변을 돌아보았다. 그는 내가 성폭행당하던 모습을 몰래 찍었던 놈이다. 상식으로 판단해서는 안 되는 사람이었다. 다행히 집 안에 설치된 CCTV는 보이지 않았다.

판도라에게 상자를 절대 열지 말라고 경고해 인간의 호기심을 자극한 건 오만한 올림포스 신의 잘못이었고, 암호가 있는 파일을 내 눈에 띄게 해 결국에 그의 비밀을 풀어내게 한 건 나를 믿고 함부로 부린 재욱의 잘못이 명백하다.

*

완벽한 수가 아니라도 내가 할 수 있는 차선이 필요했다. 그런데 곰곰이 떠올리니 재욱에 대해 아는 게 한 가지 있었다. 내가 재욱의 껄끄러운 심부름을 오래 해왔듯이 재욱도 사장에게 그런 존재였다. 재욱은 사장의 일을 처리하려고 나와의 약속을 자주 취소했고, 시킨 일을 제때 혹은 제대로 하지 못해서 쩔쩔매는 모습을 보였다. 명예욕과 인정 욕구가 넘치는, 그러나 그 인정은 힘이 있는 소수에게 받고 싶은 거라서 그는 그들을 위해서만 능력을 발휘했고, 시간을 할애했다. 반면 일반 직원들에게는 곁을 주지 않아 다가서기 어려운 존재로 고립됐다. 그건 일반 직원인 내게도 같은 식이었다. 재욱은 회사 임원진과 같이 자신의 앞날에 영향을 미칠 수 있는 사람, 회사에만 인정받으려는 선택적인 처세를 하고 있었다.

재욱의 메일로 '긴밀히 보고드립니다.'라고 제목을 적고 내가 그인 것처럼 짧은 메일을 썼다. 수신자 리스트에서 최상천 사장을 불러내고 '사월.xls' 파일과 재욱이 내게 몇 년간 시킨 일을 기억해내 주석을 단 '사월_해석.pdf'를 첨부로 붙였다.

안녕하십니까, 사장님.

정재욱입니다. 이렇게 메일을 드려 사장님께서 많이 놀라셨으리라 생각합니다.

회사와 거래하는 몇몇 곳에서 회사의 사정을 알고 문제를 일으키려 한다는 소식을 접했습니다. 사장님도 알고 계시는 게 나을 것 같아 급히 보고드립니다. 자세한 내용은 첨부로 붙였으니 살펴보시길 바랍니다. 주석으로 처리한 내용을 참고하시면 어렵지 않게 이해하실 걸로 생각합니다. 해석이 힘드시면 어려워 마시고, 언제든 저를 부르십시오.

그동안 아껴주셨는데, 이런 일도 못 막고 심려 끼쳐서 송구합니다.

-정재욱 올림

정재욱이라고 썼다가, 정재욱을 아주 잘 아는 사람이라고 고쳤다가 도로 정재욱으로 바꿔 적었다. 재욱의 이메일 계정을 사용해 메일을 쓰면서도 발신자를 고심하는 것 자체가 우스꽝스러웠다. 고작 몇 줄 안되는 글을 쓰는데 어떻게 보고해야 사장이 사실로 받아들일지 고민하고 또 고민했다. 재욱이 받았을 물품의 영수증이나 뇌물을 준 상대가 기재된 통장의 거래 내역을 가지고 있지 않아 첨부한 내용이 진짜라고 증명할 길이 막막했다. 사실 메일이 스팸이나 피싱으로 걸러지면 첨부한 자료는 공개되지도 못한 채 내가 계획한 일은 묻힐 것이다.

어렵사리 재욱의 집에 들어와 파일의 암호를 풀었는데, 아무 소득도 없이 여기에서 접을 수도 없다. 마땅한 대책이 없지만 이대로 포기하기에는 억울해 지금까지 내가 한 노력과 계획을 믿고 일을 대차게 저지르기로 했다. 여태껏 뺏기고만 살았으니 나를 한 번쯤 도울 운도 있겠거니 하는 바람을 담아 메일을 쓰고 자료를 붙였다. 첨부 파일의 제목이 눈길을 끌기 힘들어 보다 직관적으로 보이게끔 파일명을 교체해 다시 붙였다. '사월.xls'가 아닌 '정재욱거래내역.xls'와 '정재욱거래내역_해석.pdf'로 내용을 담은 파일명을 호기심을 끌기 위한 미끼로 활용했다.

차라리 전 직원에게 진상을 공개하는 게 나을까를 두고 한참 고민에 빠졌다. 파급력은 사장에게 보고하는 것보다 전 직원에게 공유하는 게 훨씬 높을 것이다. 직원들이 보기에 재욱은 유능한 인재이고, 눈에 띄는 사람이라서 게시판에 이름을 올리는 것만으로 관심을 끌 수 있었다. 그의 소식이나 성과도 그럴진대 그의 빈틈, 더군다나 개인 비리인 뇌물과 횡령이라면 이목을 집중할 것이다. 어쩌면 이런 폭로를 은근히 반길지도 모른다. 특히 그의 탄탄대로를 고깝게 여겼던 직원이라면 걱정스러운 동료애를 가장해 지루한 일상을 깨뜨릴 흥밋거리로, 그가 추락할지 모른다는 사실에 고소해하면서 대화에 올릴 것이다. 그러나 나는 재욱에게 명예 훼손이나 모욕죄로 형사 고발당할 상황까지는 원하지 않았다. 내가 아닌 재욱의 잘못으로 나까지 나락으로 떨어지는 건 지금껏 당한 것만으로 충분해 더는 하고 싶지 않았다. 더 이상 그로 인해 뺏기고 싶지 않다.

내가 피해 보지 않으면서 그를 확실히 끌어내릴 수는 없을까. 보낼 파일을 훑어보며 본질적 질문을 던졌다. 이 일을 해야만 하는, 스스로 납득되는 이유가 필요했다. 복수심은 아니었다. 이걸 한다고 해서 내게 떨어지는 것도 없을 터였다. 어쩌면 잃는 게 많을지도 모른다. 그렇다면 나는 왜 이것을 해야 하는가. 과거를 들추는 게 싫지만, 재욱을 끌어내리려면 그가 어떤 사람인지 먼저 판단해야 했다. 재욱과 가까운 사이라고 자부했으나 재욱에 대해 남들보다 아는 게 많지 않았다. 그가 나보다 나은 위치라고 여겨서 그가 무엇에 아플지 고민하거나 관심을 둔 적이 없었다. 재욱의 무엇을 건드려야 그에게 영향을 미칠지, 어떻게 비리를 터뜨려야 많은 이가 주목하고, 내가 한 행동이 세상에 그나마 받아들여질지 쉽게 떠오르지 않아 그가 아픈 게 있기나 한지 가늠이 안 되었다. 그의 일이 잘돼야 나한테도 좋다고, 아니 그래야 언젠가는 내가 좋아질 거라고 그의 문제를 해결하는 게 내 능력인 것처럼 오랜 시간 열을 올리고 살았다. 그의 약점을 잘 포장해 그를 빛나게 하는 게 내게도 최선인 줄 알았다. 쓰린 기억까지 조작하면서.

돌연 인상을 쓰고 있는 재욱의 얼굴이 눈앞에 나타

났다. 그를 마주하지 않았는데, 상상만으로도 두려워 허상조차 응시하기 힘들었다. 눈을 질끈 감았다가 뜨고 '정재욱거래내역.xls'를 확대해 자세한 내용을 살폈다. 그러자 잔잔한 호수에 폭우가 쏟아져 빗방울이 튀는 것처럼 엑셀 화면 위로 승훈과 그때 그 사람들이 하나둘 나타나 떠다녔다. 간신히 기억했으나 그 시간을 회상하는 건 여전히 피하고 싶은데, 그 일과 무관한 재욱의 집에서 과거 살해 사건의 무리가 살아나 움직이기 시작했다.

승훈과 황 씨에게 붙들려 묘지 앞에서 생명의 위협을 느꼈을 때처럼 재욱의 노트북을 앞에 두고 몸을 떨었다. 어떻게든 되돌려야 했다. 비록 승훈을 만나기 전, 살해에 가담하기 전으로는 시간을 돌릴 수 없지만, 재욱과 처음 만나 어색하게 인사를 나눌 때로 혹은 입사하기 전 내가 노력하면 현재보다는 나아질 거라고 순수하게 앞날을 꿈꿨던 시기로 돌아가고 싶었다. 대학 신입생 때 했던 연극에서의 셸리처럼 잡지 못할 꿈을 꾸며 경쾌한 스텝을 밟는 순수한 나로 돌아가야 한다.

돌이켜보면 수년 전에도 그런 마음이었다. 살해 무리에 끼어 무리 리더 K의 손을 잡은 건 억지로라도 기회를 잡아 더 나은 삶으로 나아가겠다는 몸부림이었다. 동아줄인 줄 알았던 회사는 날 공장에 처박아두었고 내 삶은 그대로였다. 그래서 만나지도 않고 전화로만 지시를 내렸던 K의 손을 잡았다. 그는 자신을 승훈을 잘 아는 선배 K라고, 자신을 믿어도 된다며 소개했다. 나는 선택권이 없었다. 기회를 스스로 만들어야 했으며 그러려면 내게 유리하게 삶을 설계해야 한다고 믿었다. 그게 무리한 일이라 할지라도 잃는 게 있어야 얻는 것도 있다고 생각했다. K가 나를 선택한 것 같지만 나도 K를 선택했다. 한마디로 나는 꿈을 펼칠 기회에 나를 끼워 넣었고, 그 매개체가 K라고 생각했다. 모든 투자에는 위험이 따르니 K가 미덥지 않아도 감당해야 하는 의무라고 믿었다. 하지만 일은 내가 바라는 것에서 한참 어긋나 결국에 범죄자가 되었다. 아니다. 나는 머리를 잘못 굴린 피해자일 따름이다. 잘못된 선택을 했을지라도 나는 번번이 배신만 당했으니까.

늦었지만 실수와 잘못으로 점철된 인생을 바로 잡고 싶다. 그래야 앞으로 살아갈 수 있다는 희망을 꿈꾸며 이곳에서의 탈출을 그릴 수 있을 테니까 말이다.

재욱이 고마웠다. 나를 본사로 이끌었고, 어쨌거나 집을 옮겨 생활의 질을 올려줬으며 그가 즐기는 여가에 내 자리도 내주었으니. 나는 오랫동안 그에게 희망을 실었다. 열두 해 넘게 부단히 노력했고, 그로 인해 생긴 회사 안에서의 손해와 무시는 감수했다. 죄책감이나 자책은 끼어들 자리가 없어서 가끔 흔들리는 유약함을 잘라내며 그딴 감정은 사회생활과 내 미래에 아무 도움 안 된다고 스스로 몰아세웠다.

그러함에도 불구하고 재욱은 나를, 제자리도 아닌 가장자리로 내쳤다. 재욱은 자신이 타인에게 바라 마지않는 인정을 내게 주기는커녕 내가 자신의 길을 방해할까 봐 계약 비리로 감사실에 나를 신고했고, 인사팀에는 공장으로 발령 내라고 요청했다.

사장의 신뢰가 흔들려 이 연극에서 재욱에게 폼나는 배역이 돌아가지 않기를, 사장이 재욱을 신뢰한다는 이유로 회사 기밀을 공유해 재욱이 그것을 칼자루처럼 휘두르는 일이 생기지 않기를 바란다. 그리고 재욱이 바라는 본부장 자리에 끝내 오르지 못하기를. 내가 옳다며 믿고 쫓았던 것들이 흔들리고 있으니 재욱이 설계한 대로 풀리지 않기를.

재욱의 인생이 불편해지길 바랄 뿐이다. 그가 세상에 조금만 더 주저하고 조금만 더 겁먹기를 바란다. 수년 전 두 남자에게 묘지로 끌려가 무릎을 꿇려 생명의 위협을 느꼈던 정도는 아니더라도, 몇 시간 전 건강검진 센터에서 승훈을 피하며 두근거렸던 긴장에 아무것도 할 수 없었던 불안을 재욱도 느끼기를, 그래서 그가 더 큰 꿈을 욕망하지 못하길 원한다. 그가 초라해지길 바란다.

느닷없이 머리가 조여왔다. 통증이 견딜 수 없게 거세져 고개를 들기도 버거웠다. 생생하게 감각을 떠올리기 어려운 아주 오래전에 있던 일인데, 승훈이 내리쳤던 장도리를 맞은 자리가 욱신거려 무릎을 꿇고 머리를 감쌌다. 그리고 이어지는 단편적인 기억. 폭력이라고 말하기에는 뭣한, 찰나의 손길이 머리를 후려쳤다.

재욱은 사람들 앞에서 설명만 하면 된다며 10여 명이 모인 룸을 가리켰다. 문을 밀고 앞을 봤을 때 나타난 광경은 웃고는 있지만 의심에 찬 눈동자들과 그들 옆으로 보이는 양주와 과일 안주 그리고 마이크와 음향 기기였다. 룸 안에 있던 사람 중 셋은 재욱과 전에 같은 부서에서 근무했던 직원으로 낯이 익었다. 나는 자리가 거북해서 재욱이 하라는 일을 못 하겠다고 거부했으나 재욱은 표정 없이 검지로 내 머리를 톡톡 밀었다.

"언제 나 혼자만 좋아지려고 일 시킨 적 있어? 그냥 웃는 얼굴로 사람들을 돌아보면서 장단만 맞추면 돼.

얼마나 쉬워? 노력하지 않아도 되는데 힘이 되는 사람을 만날 수 있고. 혹시 알아? 분위기가 좋으면 그 가운데서 너를 끌어줄 사람이 두엇쯤 나타날지도. 어렵지 않잖아. 윤 대리, 생각해 봐. 회사 생활 이기적으로 하는 거 아니다. 하나를 얻으려면 하나는 내줘야 하는 게 상식 아니겠어?"

후회할까. 상관없다. 후회는 뒷일을 예상할 수 있어야 하는 거지, 앞으로 무슨 일이 생길지 모르니 여기서 물러나도 행복한 결말을 맞을 것 같지 않았다. 내가 애초에 받은 선택지에는 후회란 항목이 없었다. 답이 없는 잘못된 선택지니까 빈칸으로 남기거나 제출을 거부한다고 해도 잘못은 아닐 테다. 자신의 잣대로 나를 꺾은 재욱과 회사를 따르지 않는다 해도 그들이 틀렸으니까 규칙에 어긋나지는 않을 것이다. 수년 전, 이포에서 살해당한 김은성처럼 여러 사람에게 휘둘려 악 소리도 못 지르고 세상에서 사라지지 않으려면 굳이 나를 희생해 나설 필요는 없다. 김은성은 자신의 패가 너무 없었다. 나는 그렇게 당하고 끝내지 않을 것이다. 한때 내가 선택했다고 믿었던 무대에서 상관없을 사람들 때문에 억지로 퇴장하고 싶지 않았다.

그래도 그간 재욱과 쌓은 시간을 생각해서 해석 파

일에는 그가 나와 뇌물을 같이 누렸다고 기록하지 않았다. 객관적으로 보이게끔 리스트로 정리한 물품의 사양과 일반적으로 그것을 즐기는 대상을 상세히 기술한 걸 제외하고 사적인 해석은 보태지 않았다. 모르는 사람들이 내 주장을 듣고 미심쩍은 시선으로 상황을 따지면 곤란했다. 그들은 내 주장보다 변호사를 고용한 회사의 판단을 더 신뢰할 것이다. 더러워도 현실은 냉정하니까. 물론 재욱이 유리하게 이용할 수 있는 변명거리는 어떤 것도 내주지 않을 작정이다.

사장은 내가 보낸 메일을 받고 의문에 사로잡힐지 모르나 재욱을 오래 믿었기 때문에 거부감 없이 파일을 열 것이다. 그리고 재욱은 사장이 자신에게 향했던 신뢰를 거두면 내가 느꼈던 것과 비슷하게 참기 힘든 통증으로 괴로워할지 모른다.

그러다 문득, 사장이 메일을 무시할 수 있다는 생각에 미쳤다. 재욱이 사장에게 공들인 걸 생각하면 내가 모르는 그들의 시간과 사연이 있을 터였다. 재욱이 사장에게 아직 유용하다면 사장은 재욱에게 회사에서 사람을 부리다 보면 뇌물이나 횡령 같은 유혹은 통과의례라고 경고하고는 앞으로 그러지 않겠다는 다짐을 받고 넘어갈지 모른다. 지금껏 추저분한 일을 아랫사람에게 시킨 사람이라면 사장도 재욱과 비슷한 부류일지 모른다.

기업 비리로 경찰에 신고해봤자 현성 일렉트로닉스는 법무팀이 유능해 전관 변호사를 동원해서 사건을 무마할 확률이 높고, 시민단체는 문제를 만들 힘이 없어서 손 내밀어봤자 도움받을 게 없을지 모른다. 무엇보다도 자칫 잘못 꼬이면 얻은 게 없이 무고죄로 처벌받고 회사에서 해고되어 퇴직금도 없이 정리될 수 있다. 마치 수년 전 김은성처럼 탈출구가 없는 무덤에서 빠져나가려고 허우적대다가 출구를 찾지 못해 갇혀 제거되는 것과 다를 바 없다.

그런데, 그렇게 많은 걸 고려하면 여기에서 바꿀 수 있는 게 단 하나라도 있을까. 모든 가정이 '모른다'와 '그럴 것이다'로 끝을 맺었다. 단언할 수 있는 게 없고, 어떻게 할지 나도 상황을 정리하지 못했다.

세 개의 공간을 다시 돌아보며 주머니를 뒤졌다. 사진으로 증거를 남겨야 하는데, 핸드폰이 잡히지 않았다. 검진 센터에서 급히 나오느라 센터에 핸드폰을 놓고 그대로 나왔다. 이곳에서는 나를 도울 사람이 없고, 재욱이 핸드폰을 집에 두고 나갔을 리도 없었다. 기발한 생각이 떠오르지 않지만, 그렇다고 손 놓고 있을 수도 없어서 안절부절못하고 되는 대로 가구 서랍을 열어 뒤졌다. 그리고 책상 맨 아래 서랍에서 구형 디지털카메라를 찾았다. 구석에 엎어둔 남녀 사진 석 장도 같이 발견했다. 남자는 재욱이고 여자는 잘 모르는 사람이었는데, 둘은 같은 모양을 한 커플 반지, 그보다는 예물 같은 반지를 끼고 있었다. 재욱의 머리와 입은 옷을 보면 얼마 전에 찍은 것으로 추측되었다.

망연히 사진을 내려다보다 카메라를 들었다. 시간이 별로 없었다. 당황스럽지만, 원망이나 분석은 나중에 할 일이었다. 드비알레 스피커와 리클라이너 체어, 와인셀러와 그 안에 든 고급 주류를 사진에 담고, 주차장으로 내려가 재욱이 모는 머스탱을 자동차 보험증과 함께 증거로 남겼다. 핸드폰이 있다면 은행 앱을 열어 나와 재욱의 통장 거래 내역을 첨부하면 좋을 텐데 그러지 못해서 아쉬웠다. 재욱의 집을 촬영한 파노라마 영상을 서둘러 압축하고, 재욱이 뇌물로 받아 횡령한 것을 증거물로 정리했다. 자료를 정리하면서도 머릿속은 온통 방금 찾은 사진 석 장에 가 있었다.

모든 작업을 마친 뒤 나를 밝히며 사장에게 보낸 메일과 같은 내용으로 '어느 팀장의 기묘한 물건 수집'이라고 제목을 붙여 전 직원에게 공지 사항으로 띄웠다. 증거자료를 첨부해 사장에게 보낸 메일보다 훨씬 신빙성이 있어 보일 것이다. 일에 집중해 잔뜩 올라간 어깨를 주물렀다. 뜨거움은 누르고 차가워져야 했다. 그저 잠깐 꾼 꿈이다. 아무것도 아닌 보상에 만족하며 얻어낸 비루한 위치였다. 정말 그 모든 것이 아무것도 아니었다.

나를 같이할 사람으로 여기지 않고, 우습게 내친 사람에게 예의를 차릴 필요가 있을까. 당연히 답은 아닐 테다. 이제, 법적인 문제 따위는 고려 대상이 아니다. 정말이지 앞으로 일어날 일은, 설사 내가 손해를 보거나 범죄로 교도소에 갇힌다 해도 상관없었다. 불확실한 것을 치열하게 고민해봤자 어떤 해답도 내주지 않을 것이다. 뭔가를 얻기 위해서 뭔가를 버리는 건 결코 잃는 게 아니다. 그게 인지상정이다.

자리에서 일어섰다. 재욱이 제 것이라고 믿었던 것들을 하나둘 뺏겨 어쩌지 못하고 바라봐야만 하는 상황을, 아무리 발버둥 쳐도 없어지는 것들 때문에 깊이 잠을 이룰 수 없는 밤을. 그리고 그가 마침내 모든 걸 내려놓고 긴 휴식을 맞이하기를 희망한다. 그게 오랜 직장 상사이자 연인이었던 재욱에게 내가 마지막으로 건네고 싶은 한 가지 배려이자 선물이다. 제 손에만 움켜쥐려고 애썼으니 이제는 꽉 쥔 주먹을 펼 때가 되었다.

두 시간 동안 정리한 자료를 저장하고, 앞으로 일어날 일을 그렸다. 두려움은 많이 가셨는데 기분이 나아지지 않았다. 재욱의 이름으로 사장에게 메일을 보냈고, 회사 직원 게시판에 같은 내용을 공지했고……. 아무리 생각해도 그것만으로는 모자랐다. 재욱과 그의 아내로 보이는 커플 사진을 게시판에 공개할까.

전 직원에게 공개한 파일을 열고 회사에 대해 모르는 사람이 봐도 이해할 수 있게끔 내용을 수정했다. 한편의 기승전결이 확실한 드라마를 쓰듯, 그러나 과장하거나 없던 일을 보태 신빙성을 떨어뜨리지 않으려고 노력하면서. 인터넷 창을 열고 회사 홈페이지에 접속했다. 많은 이가 볼 수 있게 '현성 일렉트로닉스 직원의 양심 고백'이라고 제목을 붙이고, 고객 게시판에 글을 올렸다. 그런 다음 신문사와 방송사를 조사해 제보할 페이지가 있는 곳을 추려서 회사 홈페이지에 올린 내용을 요약해 증거자료와 함께 전송했다. 메일 주소와 제보 페이지를 정신없이 추가해 보낸 곳이 아홉 곳인지, 열 곳을 넘겼는지 기억이 명확하지 않지만, 포털사이트의 토론 게시판에 올린 것까지 합치면 열너댓 곳은 넘은 것 같았다. 나는 한참 고민하다 재욱과 그의 아내 사진을 회사 게시판과 전에 쓴 게시물

밑으로 추가해 덧붙여 올렸다.

지금 할 수 있는 모든 걸 쏟아부었다. 그러곤 바랐다. 내가 바라는 대로 현실이 말끔히 정리되기를, 공정까지는 바라지 않으니 질서는 어느 정도 찾기를. 이제 이것들이 제 운명대로 살아나서 생명으로 움직이길 바라고 있다. 사람들의 못된 호기심을 다시 한번 믿기로 했다.

그러다 문득 핸드폰에 저장한 두 개의 자료가 떠올랐다. 내가 영업 대상에게 성폭행당하던 장면이 찍힌 영상과 사장과 내가 나눴던 대화 녹취록이. 나는 재욱의 핸드폰에서 내가 당한 영상을 내 핸드폰에 담아 그가 모르게 저장했다. 재욱의 핸드폰을 빼돌리느라 고생했지만, 그것을 사용하게 될 줄은 미처 알지 못했다.

몇 년 전의, 그날이 나타났다. 사장은 잔뜩 긴장한 나를 보고 웃었다. 나는 말없이 서류 봉투를 사장에게 건넸다. 그리고 펜 녹음기를 슬그머니 작동했다. 재욱의 심부름을 다니면서 혹시나 배달한 사람이 한 말을 놓친 게 있을까 봐 선택한 방법이었다.

사장은 내게 봉투를 받으며 물었다.

"이건 뭐죠?"

나는 사장의 질문에 답을 하지 않았다. 재욱은 사장

이 물으면 어떻게 답하라고 지시하지 않았다. 그러나 나는 알고 있었다. 중요한 사람이니 함부로 입을 열면 안 된다는 것과 실수를 하면 안 된다는 사실을. 상황이 답답했지만, 말을 최대한 아꼈다. 다만 고개를 흔들고, 천진하게 웃었다. 웃는 낯에 침을 뱉으랴, 는 우스운 속담에 기댔다.

"사장님께 전하라는 말 외에는 들은 게 없습니다. 전화로 지금 알아보고, 말씀드릴까요?"

사장은 내 말에 얕은 숨을 쉬고는 고개를 저었다.

"윤 대리라고 했나? 윤 대리, 그럴 필요 없어요. 정 팀장이 무슨 생각이 있겠어? 그저 시키는 일만 하는 인물인데. 기대할 것도 없는 놈. 그건 그렇고, 윤 대리는 나랑 같이 일해보는 것 어때? 정 팀장보다 낫겠어. 쓸데없이 말을 전하지 않는 걸 보면 눈치도 있고, 실수는 덜할 것 같은데. 상사에게 하는 거짓말이야 각자 처세니까 내가 상관하면 오바인 거고 말이지."

사장이 말하는 의도를 종잡기 어려웠다. 다만 탐탁지 않은 말투를 보면 재욱에게 불만이 있는 것으로 보였다. 그러나 그 또한 아는 체하면 안 된다는 생각에 사장의 시선을 피하고 손만 조심스럽게 매만졌다.

"가능하면 내 일 좀 도와주겠어? 아, 내가 말 놔도 되지? 말을 올리자니 신경도 써야 하고, 자네도 나를 불편해할 것 같아서."

답이 빤한 물음에 대답 대신 고개만 주억거렸다. 사장은 내가 눈을 맞출 때까지 끈질기게 나를 쳐다봤다.

"지금 내 자리를 지키려면 몇 가지 명심해야 할 게 있거든. 내가 좋게 말하면 회사의 적통이지만, 적통이라고 부르기 애매한 면이 있어. 난 회장님, 그러니까 우리 큰아버지 자식이 아닌데 큰아버지의 소생이, 아들이 없어서 후계자가 됐어. 그걸 두고 사람들이 말이 많지. 사람들은 남의 말을 참 좋아해? 그건 알고 있었지? 덕분인지, 때문인지 난 늘 조심히 살아야 해. 역시 적통이 아니라서 그래. 적통이 아니라서 그런지 책임감이 없고, 머리도 안 돌아가. 잘못한 것도 없는데 이런 말을 듣고 산다고. 그러니 내가 누구를 진짜로 믿겠어?"

"힘드시겠어요."

고작 내가 한 소리는 짧은 수긍이었다. 아무 말도 안 하고 버티기에는 사장과 나의 직급 차이가 격하게 났다. 사장은 성의 없는 대꾸에 다른 말은 하지 않고 하던 말을 이었다.

"사업을 시작하며 몇 가지 명심하고 지냈어. 심복을 찾되 절대 믿지 마라. 되도록 많은 레이더를 설치하고, 그 레이더가 오동작하기 전에 재빨리 교체하라.

정 팀장도 내가 잘 부리던 레이더 중 하나였고, 그럭 저럭 잘 움직였어. 그럼에도 레이더를 오래 써서 그런 가, 자꾸 망가지려고 하네? 요새 삘짓 한다는 말이 종 종 들리기도 하고. 그 사람을 다른 레이더로 바꿀 때 가 온 거지. 정 팀장도 그렇지만, 지금 옆에 둔 다른 직 원들도 마찬가지 얘기고. 정 팀장 같은 친구야 회사에 서 둘러보면 쌔고 쌨지 않겠어? 그간 바쁘다는 핑계 로 주변을 정리도 안 하고 안일하게 살았어."

사장은 자신이 원하는 바를 말하고 있지만, 해석에 따라 책임을 따질 수 있는 모호한 말의 연속이었다. 하지만 그가 하는 말을 대략 이해할 수 있었다. 그런 데도 대답은 하지 않았다. 부리던 사람을 제거하겠다 고 거침없이 말하는 사람에게는 주의가 최고의 방어 였다.

"업무로 바쁜 건 아는데 나를 도와줘. 알다시피 내 가 정 팀장보다 끗발이 있어서 괜찮잖아. 당연히 뽑아 먹을 게 많아서, 절대 손해가 아닌 장사라고. 어때? 한 번 해보겠어?"

나는 더 말을 잇지 않았다. 나와 사장의 대화가 녹 음되고 있다는 사실만 되뇔 따름이었다. 이 녹음이 쓰 일 일은 없겠지만, 내 목소리가 녹음되어 다른 사람에 게 퍼지면 안 된다는 생각이 들었다. 나를 지켜줄 방어막이 되길 바라나 절대 쓰이지 않길 바라는 양가감정이 요동쳤다.

많은 이에게 그 두 가지 내용을 공개하면 재욱은 지금 위치에서 물러날 수밖에 없을 것이다. 이걸 무시하고 재욱의 범죄를 덮을 사람은, 그의 편을 들어줄 사람은 없을 터였다. 재욱 또한 사장에 대한 배신감으로 힘들어질 것이다. 그 생각에 미치자 온몸에 전율이 흘렀다.

바야흐로 해방의 시간이, 정상으로 흘러가는 시간이 돌아오고 있었다. 내 핸드폰은 내가 없는 곳에서 누군가의 번호를 표시하며 줄기차게 울리고 있을 테지만, 지금은 내 손에 없어 귓가에 닿지 않았고 그러므로 신경 쓸 일은 없었다. 이제 내가 할 일은 내 핸드폰을 검진 센터에서 찾아 영상과 녹음을 공개하고, 내가 공개한 자료가 어떤 이야기로 인터넷에서 퍼져 풍성해지는지 기다리는 것밖에 없었다.

마침내 나도 휴식에 들어간다. 설사 수사 기관에서 나를 호출해 자백이나 증언을 요구한다고 해도, 오래 돌아온 시간을 생각하면 그게 그렇게 어려운 일로 보이지 않는다. 아주 인상적인 외출 뒤에 기나긴 휴식을 맞이하는 것이다.

나쁘지 않던 시절에 그린 한 편의 우화

　입 주변이 불에 덴 듯 욱신거렸다. 승훈이 입막음용 테이프를 거칠게 떼어낸 탓이었다. 승훈과 황 씨에게 맞은 앞머리에 피가 흐르는데 멈추지 않았다. 손목과 발목도 케이블 타이에 묶여 있다가 억지로 풀어내 후끈거렸지만, 그런 부위보다 쓰리고 뜨거운 건 내 안에서 뿜어져 나오는 깊은 숨이었다.

　경사가 그리 급하지 않은 산이었는데 눈사태가 나 가속도가 붙은 거대한 눈덩이처럼 나는 우거진 숲길에 불쑥 튀어나온 나무와 바위에 연신 부딪히며 속력을 조절하지 못하고 정신없이 뛰었다. 기억이 가물가물해 확실하지 않지만, 몇 차례 산길을 굴렀던 것 같기도 하다. 드러난 팔과 얼굴에 상처가 나는 건 걱정되지 않고, 두려움에 통증도 거의 느껴지지 않았다. 머리에서 흐르는 피가 얼굴과 옷에 묻어나 꼴이 말이 아니었으나 아무런 걱정도 안 되었다. 다만 두 남자가 나를 놔준 것을 후회하고 뒤쫓을까 봐 숨도 쉬지 않고 냅다 뛰었다. 돌부리와 나무뿌리에 걸려 몇 번을 넘어지고 일어나고를 반복했다.

승훈은 자리를 뜨기 전에 나를 묘지 앞에 눌러 앉혀 강제로 무릎을 꿇렸다. 그러곤 오래 고성을 내질러 다 쉰 목소리로 사납게 말했다. 분위기도 날씨도 싸늘했으나 겁에 질려 한여름 더위에 시달려 땀으로 범벅된 것처럼 온몸이 흠뻑 젖어 있었다.

"네가 아주 오래전 산책로에 불러내서 했던 말, 기억해? 나는 선명하게 기억하는데. 그때 내가 가진 걸 통째로 밟아버리겠다고 했었지. 너도 참 겁이 없었어. 그거 지금 그대로 돌려줄게. 이제 아니, 앞으로 내가 말한 대로 하지 않으면, 네가 가진 전부를 앗아버리겠다고. 네 목숨, 우리 아버지를 협박해 들어간 직장 그리고 지금의 네 생활, 그래서 앞으로 펼쳐질 어쩌면 남들이 부러워할 괜찮은 미래까지! 만약 지금까지 우리랑 한 일, 그게 뭐든 함부로 떠벌리고 다니면 네가 가진 전부를 부숴버리고, 아무것도 하지 못하게 처참하게 다 보는 앞에서 꿇려 앉힐 거야. 너, 망신당하는 것 죽도록 싫어하잖아. 물론 그땐 네 목숨도 장담할 수 없지. 몸을 못 쓰는 건 당연할 테고. 그러니까 너는 지금부터 여기에서 죽었다고 생각하면서 평생 우리나 우리가 같이한 일을 기억에서 완전히 지우고 살아. 아니, 아예 우리 눈에 띄지 말라고!"

두 사람의 발길은 내 허리를 향했고, 주먹은 얼굴에 닿았다. 그 기억과 얼굴들을 완전히 잊어야 살 수 있다고 다짐하면서 눈을 꾹 감고, 터지는 신음을 삼켰다. 그들을 절대 자극해서는 안 되었다. 차라리 정신을 잃는 게 나을 텐데 폭력에 정신이 자꾸 깨어났다. 그러곤 이어진 두 남자의 쉴 새 없는 폭력에 정신을 차츰 잃었다. 정신이 흐릿해지며 죽어가는 엄마가, 그녀의 힘겨운 눈빛이 떠올랐다. 나는 모진 기억을 마음속 깊숙이 눌러서 나오지 못하게 봉인했다. 정신이 다시 깨지 않길 바랐다. 그러나 한참 뒤 정신이 또 들었고, 잠시 정신이 났을 때 살기 위해 필사의 도주를 감행했다.

만약 그때 K의 제안을 받아들이지 않았다면, 그래서 그 무리에 끼워 달라고 억지를 부리지 않았더라면, 그 전에 불운한 엄마의 딸로 태어나지 않았다면. 내게 꿈이란 게, 하고 싶은 게 아예 없었더라면, 정말 그랬더라면 지금의 나는 어떻게 되었을까. 지금보다 행복했을까.

*

    탈의실에 들어가 헐거운 검진복을 벗었다. 브래지어로 가슴 모양을 잡아 만들고, 겉옷을 걸쳤다. 머리를 빗질해 하나로 깔끔하게 묶은 뒤 파우더를 얼굴에 가볍게 두드렸다. 오늘은 팀장을 대신해서 호텔에서 이탈리아 바이어를 만나기로 했다. 국제회의를 직접 기획해 이끄는 건 처음이었다. 어쩌면 오늘은 앞으로 내가 맡을 행사를 어떻게 꾸릴지 선보일 프리미어 시사회와 비슷한 무대가 될 것이다.

    국제개발팀 조 주임이 나를 보조해 행사를 진행하기로 했다. 그가 약속보다 이르게 도착해서 회의실 세팅을 잘 마쳐야 하는데, 잘 준비했는지 미덥지 않았다. 이렇게 미심쩍을 줄 알았다면 건강검진은 나중으로 미룰 걸 후회했다. 옷은 내가 코치한 대로 분위기가 가라앉지 않게 캐주얼 슈트로 자연스럽게 맞춰 입었겠지. 이탈리아인들이라 아메리카노보다 에스프레소가 나을 텐데, 애피타이저로 스프리츠나 홍차, 다양한 종류의 쿠키를 준비하라고 미리 당부할걸. 미처 챙기지 못한 것이 줄줄이 생각났다. 같은 팀이 아니라 세세한 코치는 선을 넘는 것 같아 피했다. 같은 부서라도 사내 갑질이니 뭐니 하는 문제로 구설에 오르면 근평에 치명적이라 곤란했다.

이런저런 잡다한 생각을 하며 검진 중에 들어온 업무 메일이 있는지 핸드폰을 켜고 확인했다. 별거 없는 회사 행사 안내 메일과 다른 부서의 협조 요청이 들어와 있었다.

에어컨 때문에 실내가 냉랭한데도 핸드폰을 쥐고 있는 손에 땀이 찼다. 가방에서 손수건을 꺼내 고인 땀을 닦아냈다. 익숙한 냄새가 코를 찔렀다. 핸드폰과 손수건을 번갈아 냄새를 맡았다. 손수건에 정재욱 팀장이 뿌린 향수 냄새가 남아 손에 배는 것 같았다. 왜 이걸 여태 지니고 다녔을까. 손수건을 멀리 치우며 얼굴을 찌푸렸다.

이틀 전, 정 팀장은 우리 부서 회식에 끼어 내 옆으로 자리를 잡았다. 그러곤 자기 밑으로 들어와서 근무하면 지금보다 나아질 거라고, 자신이 근평을 잘 주어 승진은 어렵지 않을 것이라며 나를 또 떠보았다. 손수건을 슬그머니 내미는 것도 잊지 않았다. 내 블라우스에 김치찌개가 튄 것 같다면서 그가 할 수 있는 가장 부드러운 말투로 은밀하게 말했다. 회식 분위기가 좋아 호의를 거절하기 힘들어 손수건을 받았고, 찌개 국물이 묻은 옷을 대충 닦은 뒤 가방에 구겨 넣었다.

별거 아닌 지위를 권력이라고 착각하는, 자신은 다른 속물들과 다르다고 생각하는 참 짜증 나는 부류였다. 그가 보이는 친절은 배려가 아닌 쓸데없는 오지랖이었다. 설혹 그가 회사의 오너나 바로 위 상관이라고 해도 농담처럼 던지는 말에 장단을 맞출 내가 아니었다. 그깟 인물이 하는 인정이나 배려는 결국 의미 없이 뱉은 소리라 귀담을 필요가 없고 귀담아도 실현되지 않을 것들이었다. 어설픈 거래로 조금 빨리 올라간다고 해도 그에게 갚을 빚이 늘어나니 그건 결코 배려가 아니었다. 가끔 생색을 내듯 던져주는 상품권이나 선물 세트를 받을 때가 있었지만, 그때마다 바로 돌려주었다. 사회생활에서 거래는 무언가를 받으면 갚을 게 생긴다는 의미였다. 승진을 꿈꾸며 누군가에게 고개를 숙이거나 잘 보이려고 노동과 시간을 제공하고 발등을 찍었던 날을 곱씹었다.

벗은 검진복과 함께 정 팀장의 손수건을 돌돌 말아 의류 수거함에 내던졌다. 그러다가 그의 끔찍한 냄새가 다른 의류에도 뱀까 봐 서둘러 손수건을 빼내어 쓰레기통에 다시 버렸다.

불현듯 승훈에게 돌려줄 게 남았다는 사실이 떠올랐다. 내가 맡았던 역할을, 연극에서 처음부터 잘못 맡은 배역을 승훈에게 고백하고 싶었다. 나와 어울리지 않았다는 말과 함께 지금은 그때와는 내가 많이 다르다는 말도 전하고 싶었다. 더 늦어지면 안 되었다. 그랬다간 괜히 변명만 길어질 테고, 과거의 사건을 건드려 지금의 내 모습이 우스워질 수 있으니까.

수정하다 만 화장을 서둘렀다. 회의 주최자라 이탈리아 회사에 신사업을 제안하고, 우리 회사의 기존 사업을 같이하자고 영업해야 하는데, 그에 맞는 티피오가 필요했다. 신뢰가 가는 사람으로 보이게끔 흐릿한 눈썹은 진하게 모양을 잡아 그리고, 입술은 얼굴에 생기가 돌아 보이게 살구색 립밤을 덧발랐다. 붉게 충혈된 눈을 진정시키려고 두 눈에 안약을 한 방울씩 떨어뜨렸다. 회의 참석자들이 앞에 앉아 있다고 가정하며 거울을 보고 미소 지었다. 거울 앞에 선 내 모습은 호텔 회의실에서 처음 본 낯선 사람을 만나기에도, 오랜만에 본 대학 동기 승훈을 보기에도 썩 나쁘지 않아 보였다.

남자 탈의실 주변을 서성였다. 조금 기다리자 승훈이 밖으로 나왔다. 그는 하얀 와이셔츠에 타이를 매지 않은 슈트 차림이었다. 왁스로 잔머리를 정리했는지 몇 분 전과 달리 푸석한 머리가 차분히 내려앉아 있었다. 그가 지금 무슨 일을 하는지 모르지만, 나와는 다르게 서두르지 않는 여유가 보였다.

승훈을 바라보며 그가 있는 방향으로 걸음을 옮겼다. 승훈은 내가 자신에게 다가서는 모습을 물끄러미 바라보았다. 나는 그를 일 미터쯤 앞에 두고 걸음을 멈췄다. 승훈이 내게 살짝 고갯짓했다. 그는 더 이상 나를 보고 얼굴이 빨개지거나 시선을 돌리지 않았다. 오히려 그를 바라보는 내 얼굴에 열이 오르고, 가슴이 두근거렸다. 나는 서 있던 자리에서 두 걸음 뒤로 물러섰다. 조금 더 안정할 시간이 필요해서였다. 한참 만에 승훈은 십수 년 전 예의 표정으로 다가와 말했다.

"아까부터 인사하려고 흘끔댔는데, 계속 눈길을 안 주더라. 정말 넌, 무심한 그 표정도 그렇고, 보고도 못 본 척 지나치는 것도 마찬가지고. 시간이 그렇게 흘렀는데 예전이랑 어쩜 변한 게 없다. 변하지 않아서 좋은 건가?"

나는 그가 많이 달라졌다고 느꼈으나 너도, 하고 대답하며 미소 지었다. 오랜만에 만난 동기와 해묵은 이야기로 불편해지고 싶지 않았다. 그저 과거였고, 거의 잊은 기억이었다. 내 마음이 어떻든 승훈은 앞으로 다가와 코를 들어 올리며 장난스럽게 웃었다. 아주 잠깐, 돼지로 분장한 스무 살의 대학생 승훈과 마주했다.

"그때 연극에서 내가 한 마지막 대사가 이거 아니었나? 사랑해, 샐리. 생각해보면 그땐 내가 널 정말 좋아했었는데. 그건 알지?"

승훈은 코를 올렸던 손을 내리며 나를 보고 이가 드러나게 환하게 웃었다.

"우리가 어떻게 그런 연극을 했었는지 몰라. 겁이 없을 때라 뭣도 모르고 발랄했어. 진짜 신기했지. 그냥 다들 어린 짐승이었다니까."

"그래서 그보다 더한 일도 무서운 줄 모르고 저질렀잖아. 미치지 않고선 그게 가능했겠어? 여하튼 어려운 시간 보내고, 무사히 살아남았다. 잘 살아내서 축하해. 살아 있으니까 이렇게 만나는 날이 오긴 하네."

"그러게나 말이야. 정말 생각지도 못한 곳에서 만났어. 그리고 음……. 마지막 대사가 사랑해, 샐리 맞아. 근데 그건 네가 나한테 한 것이 아니라 내가 나한테 하는 독백이었어. 내가 마음이 급해서 샐리를 빨리 말하다가 셸리라고 잘못 발음했잖아. 생각하면 그때가 참 좋았지. 너, 내가 말하는 것 듣고 엄청나게 웃었으면서. 다 잊었구나? 아마 네가 극본을 써서 내 거랑 네 대사를 헷갈렸을 거야."

승훈은 내 말에 어깨를 으쓱하고는 고개를 흔들며 크게 웃었다. 나는 그의 웃음이 이제는 말해도 될 때라는 신호로 들렸다. 그때 승훈이 웃음을 멈추고, 내게 바짝 다가와 어깨에 손을 얹었다. 어깨에 닿는 익숙한 살의 온도, 그것이 잘못된 기억이나 악몽이 아니라는 사실에 몸서리가 쳐졌다. 꿈이라 생각하는 사건도 내 앞의 승훈도 모두 현실이었다.

"그런데 너, 여기서 더 떠들다간 큰일 나겠다. 이러다가 진짜 위험해지겠어. 내가 마지막으로 했던 말, 기억하고는 있지? 절대 잊지 말고 기억하면서 살라고 경고했잖아. 영원히 우리를 궁금해하지 말고, 눈에 띄지도 말라고. 아직도 네 주위에서 지켜보는 눈이 많으니까 계속 조심하면서 살아. 알았지? 더는 그런 일이 생기면 안 되잖아. 나도 이제 사람 안 건드리고 평범하게 살고 싶어. 죽이는 게 죽이게 좋은 일도 아니고. 내가 무슨 말 하는지 알지? 어쨌거나 얼굴도 보고 반가웠어. 차 한 잔도 안 마시고 헤어지기 아쉽지만, 여기에서 인사하는 게 낫겠다. 기다리는 사람이 있어서 그만 가야 하기도 하고."

당황해 승훈에게 해야 할 말을 시작하지도, 끝내지도 못했다. 그러나 말해야 했다. 몇 발짝 앞으로 나아가 승훈을 불렀다. 승훈은 내가 낸 목소리를 듣지 못했는지 앞으로 빠르게 걸어갔다. 복도 끝에서 한 여자가 우리를 지켜보고 있었다. 여자가 승훈을 불렀다.

손을 번쩍 들어 서로를 향해 흔드는 다정한 연인 혹은
부부. 그들은 팔을 두르고 복도를 돌아 건물 밖으로
나갔다. 여자의 뒷모습이 낯익었다. 여자는 그 숲에서
우리와 함께했던 무리 중 한 사람일까. 아니, 그녀의
뒷모습이 나와 아주 비슷했다.

두 사람의 그림자가 복도에 길게 늘어지다가 어느
순간 끊겨서 보이지 않았다. 승훈이 시야에서 완전히
사라졌다. 나를 닮은 여자도 승훈과 함께 사라졌다.
나는 그제야 목소리를 높여 승훈에게 물었다. 하고 싶
은 말은 끝내 할 수 없었다.

"정말 그거 우리가 했던 일, 아니 내가 한 게 맞아?"

승훈이 지나간 자리에 정오의 햇살이 길게 늘어졌
다. 빛이 쏟아지자 봄날의 아지랑이처럼 잠시 흔들리
다 빛에 압도되어 완전히 사라지는 찰나의 기억. 강렬
한 빛이 눈을 찔렀다. 눈을 감았다. 하지만 그 눈부심
에 질세라 억지로 눈을 부릅떴다. 멀리서 나를 닮은
여자가 천천히 나를 보며 다가오고 있었다. 그 사람은
셸리였다.

계속될 이야기

『re, 셸리』는 지금으로부터 20여 년 전에 시작했다. 그때 나는 학교 필수 과목으로 영어 회화를 들었다. 소설처럼 담당 교수는 영국인 남자 선생님이었는데 꽤 깐깐해 수업 중에 우리말을 하는 것도, 미국식 영어를 하는 것도 금지했다. 미국식 영어에 익숙했던 내게 영국식 발음과 표현은 간단하지 않았다. 당시 나는 대학교 적응을 덜 해 상당히 어리숙했다.

개강을 하고 서너 번째 수업이었을 것이다. 교수는 우리를 둘러보며 중간고사에 대해 말했다.

"수업을 시작한 지 한 달이 되었습니다. 잘 적응한 사람들도 있고, 그렇지 않은 사람들도 있을 겁니다. 남은 수업을 잘하길 바라면서……. 이르지만 중간고사 평가에 대해 말씀드리겠습니다."

교수는 다섯 명씩 조를 짜서 연극을 하라고 했다.

조별이라 역할에 상관없이 같은 조는 평가점수가 같다는 말을 덧붙였다. 수업을 한 지 겨우 한 달이 흘렀다. 신입생이라 그 전에 동기와 가까워질 시간은 없었다. 나를 비롯해 수업을 듣는 동기들은 교수의 제안에 난감함을 넘어 당혹스러워했다. 다행히 나는 가까이 앉았던 동기가 손을 내밀어 다섯 명인 조에 합류했다. 동기는 나보다 두 살 위인, 삼수생 언니였는데 그녀가 연극에서 내가 쓸 이름도 추천했다. 그 이름이 바로 샐리다. 영화 〈해리가 샐리를 만났을 때〉의 샐리. 밝디 밝은 그 샐리.

오래전 기억만으로 작품을 쓰지 않았다. 다만 갑자기 선물처럼 받은 이름과 그때 엉겁결에 한 연극이 이 소설의 밑바탕이 되었다. 샐리라는 이름은 발음하기 어려운 '셸리'로 바꿨으나 풋풋한 시절에 동기들과 어울려 한 연극은 머릿속에 깊이 남았다.

내가 쓰는 작품은 보통 그렇다. 생활 속에 경험한 사소한 경험, 오래 고민해온 생각, 신문이나 인터넷 뉴스에 오른 눈이 가는 사연. 그건 전쟁이나 사연재해, 환경 같은 큰 문제가 아니더라도 조금만 들여다보면 소설과 영상으로 다시 만들 수 있다.

사람들은 가끔 내게 물었다.

"작가님은 어떤 것에 영감을 얻으세요?" 혹은 "작가님은 어떤 것을 쓰고 싶으세요?"

간혹 받는데 어려운 질문이다. 질문은 단순하나 내가 무엇에서 영감을 얻고, 어떤 것을 쓰고 싶으냐는 단순하지 않은 고민이다. 자주 바뀌는 것이기도 하다. 차라리 어떤 걸 쓰기 힘드냐고 물으면 어렵게 대답할 수 있다.

"논쟁거리인 이념이나 종교는 아직도 겁이 납니다." 하고. 물론 그런 것에 아주 관심이 없다는 말은 아니다. 다만 나는 작품에 담고 싶은 건 있다. 그건 바로 오래 쓸 수 있길 바라며, 내가 쓰는 작품에는 현실이 고되더라도 끝내 버리지 못하는 '희망'이 담기길, 그 '희망' 덕분에 거친 현실을 버티고, 살아내길 바란다. 더불어 미지의 독자들이 내 작품과 다른 예술품을 누리며 위안받기를 원한다.

비루한 처지였던 지홍은 셸리가 되어 전에 없이 당당한 모습으로 세상을 살아간다. 연극에서의 셸리처럼 자신의 날개를 펴고 새로운 희망을 꿈꾼다.

나는 감히 독자들에게, 이 작품을 접히지 않은 사람들에게도 희망한다. 날개를 활짝 펴고 자신만의 셸리

를 끄집어 그처럼 살아가라고. 지금보다 용기를 내어
거침없이 한 걸음 내딛고 일어서라고 말이다.

　나는 주변을 살피며 글을 쓸 것이다. 그것이 진짜
내가 진정한 셸리가 되는 길이며, 앞으로 괜찮은 작품
을 만들 방법이라는 걸 알고 있다. 계속 힘차게 할 것
이다.

　　　　　　　　　　2025년 봄에 접어드는 어떤 날,
　　　　　　　　　　　　　　이정연 소설가가